내 꿈은 자연사

* 이 도서의 국립중앙도서관 출판예정도서목록(CIP)은 서지정보유통지원시스템 홈
페이지(http://seoji.nl.go.kr)와 국가자료공동목록시스템(http://www.nl.go.kr/
kolisnet)에서 이용하실 수 있습니다. (CIP제어번호: CIP2020012335)

내 꿈은 자연사

탁
수
정

정원숙 여사, 故 최태영 여사,

그리고

피보다 진한 우정의 비혈연 자매들에게

—— CONTENTS ——

3

잠깐만, 아직
죽지 말고 있어 봐

언제나처럼 오래오래 잠을 잔 후였다. 눈은 떴지만 몸을 일으
키지는 않은 채였다. 머리맡을 더듬어 핸드폰을 찾아 인스타그
램을 켰다. 다이렉트 메시지에 1이라는 숫자가 떠 있었다.

편집자 M으로부터 전화번호를 알려달라는 쪽지를 받았을
때 내가 할 수 있는 생각은 한 가지뿐이었다.

'부당 해고인가? 아니면 월급 미지급?'

번호를 보내자 곧 전화벨이 울렸다. 전국언론노동조합 서
울경기지역 출판지부(아이고 길다) 조합원의 이글이글 끓어오르
는 마음으로 전화를 받았다. 억울한 일을 당해 상심한 동료를
어루만지기에 적합한 밝고 힘찬 목소리로. 노조 일로 연락을
받는 건 오랜만이로군, 하면서.

"무슨 일이셔요!"

(내가 바로 그 출판노조 미친년이잖아요. 무엇이든 말만 해!)

그런데 M은 어처구니없는 이야기를 꺼냈다. 내게 책을 써
보자고 했다. 세종 대왕이 노하실 인터넷체로 트위터나 하는

잉여 인간에게 무슨 말씀이시죠? 누가 제 글을 돈 주고 읽는단 말씀입니까?

그렇지만 속내를 드러낼 수는 없었다(내가 또 계산이 빠른 사람이라서).

"제가 여태껏 기다려왔던 일이네요!"

일단 한번 만나나 보자고 한 연락이었을 텐데 나는 이미 모든 것을 떠올리고 있었다. 내 나쁜 점을 하나라도 들키기 전에 얼른 계약서를 쓰고, 도장을 찍고, 선인세를 입금받자! 그리고 하룻밤에 냅다 탕진해버려서 돌이킬 수 없는 일로 만들어버려야지.

누구나 주위를 둘러보면 한심하고 답답한 인생을 사는 인간이 한 명쯤 있을 것이다.

쟤 아직도 제 앞가림 못 하냐? 쟤는 도대체 누가 먹여 살려주는 거냐, 쟤는 언제까지 아프다는 핑계를 댈 거냐? 쟤는 어쩌려고 결혼도 안 하고 30대를 다 흘려보내고 있냐, 쟤는 아직도 피시방 월 회원 끊냐? 쟤는 이제 영원히 취업 안 할 거라냐? 쟤는 한평생 엄마는 못 되겠다. 쟤는 저러다 늙어서 아프면 어쩌려고 저러냐. 쟤는 밖에 나가서 사람도 좀 만나고 그래야 되지 않냐? 쟤 안 씻은 지 며칠 됐냐? 쟤는 남들한테 피해 주면서 살지 좀 말라 그래.

쟤는 내일이 없냐?

이런 말이 절로 나오게 하는 그런 사람.

그런 사람이 주변에 없다고? 그렇다면 당신이 바로 그 사람일 가능성이 높은데…….

언젠가 한번은 써보고 싶었다. '한심한 재'가 무슨 생각으로 사는지 뾰족한 마음으로 궁금해하는 이들과 진심으로 걱정하는 이들을 향해서, 내 삶은 생각보다 나쁘지 않고 가끔은 쓸모가 있기도 하다고 말해주고 싶었다.

아주 어쩌면 나의 삶 때문에 당신의 삶이 조금 나아졌을 수도 있다고.

'세상 모든 사람은 쓸모가 있다' 같은 말을 하고 싶지는 않다. 세상에 태어났다고 해서 다 쓸모가 있을 수는 없다. 그냥 나는 당신이 쓸모가 있을 수도 있고 없을 수도 있지만 왕왕 웃고, 햇빛 아래를 걷고, 먹고 싶은 것을 먹고, 잠도 푹 자면서 잘 살았으면 좋겠다.

세상의 모든 '한심한 재'들에게 이 책을 바친다.

'을'이 되는 데
실패했다

\\\

나, 뭐 하는 사람이지?

2011년 봄, 아직 이십 대인데 네 번째 회사 면접을 봤다. 당시 출판사로서는 파격적인 신입 사원 연봉 삼천만 원을 내걸어 화제가 되었던 곳이었다. 똥줄이 타던 중이었는데 다행히 입사에 성공했다. 수습사원 시기에는 입사 동기들이 줄줄이 잘려 나가는 것을 보며 또 똥줄이 타야 했다. 그러다 2012년 여름, 정사원이 되는 것에도 성공했다. 수습 기간 17개월 만의 일이었다. 실패 같은 구석이 있는 성공이었다. 계약서를 보니 연봉은 삼천만 원이 아니었다. 용기를 쥐어짜 왜 삼천만 원이 아닌지 물어보았더니 삼천은 군필자 기준이라고 했다. 삼천으로 그렇게 요란하게 홍보를 해놓고서는 "원래 그런 거"라고 했다. 군필자 기준인 것도 호들갑 떨면서 알려줬으면 좋았을걸. 아니 괄호 속에 작은 글씨로라도 적어 두었으면 좋았을걸.

2014년, 위계에 의한 성폭력 뉴스로 세상이 떠들썩했다. 내가 다니는 회사 상사가 나를 오피스텔로 유인해 성추행한 사건이 다른 위계에 의한 성폭력 사건들과 함께 묶여서 〈시사

매거진 2580〉에 '얼마나 참아야 하나요?'라는 제목으로 방영
되었다. 당시 언론들은 해당 유형의 성폭력을 '성(性) 갑질'이라
부르기도 했다. '위계에 의한 성폭력'이라는 표현이 아직 보편
적으로 쓰이지 않던 때였다.

　나는 싸웠다. 2013년 여름부터 개처럼 싸웠다.
　이에 대해 길게 쓰고 싶지가 않다. 여하간 싸웠고, 싸움은
2015년 1월에 끝났다. 내 손에는 회사 대표가 보낸 사과 편지
한 장과, 쥐꼬리만 한 위로금이 쥐어졌다. 승리의 깃발이라면
깃발이겠지만, 싸우는 대신 일을 했더라면 위로금보다는 많은
돈을 벌었으리라. 내 집, 내 차가 있는 커리어우먼까진 아니어
도 주임이나 대리를 달았으리라. 폐쇄 병동 입원비니 약값이니
하는 지출이 발생하지도 않았으리라. 몸에 남은 자해 흉터를
지적받으면서 수술해라, 타투로 가려라 같은 소리를 듣지 않아
도 되었으리라.

　위기에 빠졌다. 싸움이 끝나면 홀가분할 줄 알았는데 그게
또 그렇지가 않았다. 심지어 내가 받은 사과는 어디까지나 회
사 대표의 것이었지 가해자의 것도 아니었다.

　이제 뭐 하지?
　인생이라는 악보에 예상치 못한 도돌이표가 생겼다. 나는
도로 스물세 살이 되었다. 또는 열아홉 살이었다. 뭘 새로 배우

거나, 어디든 다시 들어가 돈을 벌어야 했다.

병원에서 알려준 병명은 적응장애였다. 내 느낌으로 풀어보면, '어떤 형태의 갑질도 감내할 수 없는 사람'이다.

대학원에는 교수가, 직장에는 상사가 있었다.

이후 내가 도대체 뭐 하는 인간인지 모를 시간들을 줄줄줄 흘려보냈다. 흐르고 흘러 어딘가에 와 있다. 펜 하나를 손에 쥔 채로, 나를 지켜주려는 사람들에게 둘러싸여 서 있다.

갑년이

병률 할아버지는 1924년 갑자년에 태어나셨다. 1957년에는 아들 정호가 태어났다. 1984년 다시 갑자년, 첫 친손주가 태어났다. 병률 할아버지는 흥이 돋으셨다. 덕분에 문제가 하나 생겼다.

손주는 며느리가 회복실에 누워 있는 동안 갑년이가 되었다. 병률 할아버지는 누구와도 상의하지 않고 호적에 이름 석 자를 또박또박 써서 출생신고를 하셨다.

갑자년의 '甲'
일 년 이 년할 때의 '年',
갑을 관계 할 때의 '갑'
죽일 년, 미친년, 될 년, 난 년, 쌍년 할 때의 '년'.

며느리는 당시 어찌할 바를 몰랐다. 시아버지와 눈도 마주치지 않는 시간을 길게 보냈다. 단 한 번도 갑년이라고 부르지 않았다. 그는 정호와 함께 운영하는 점방의 이름으로 딸을 불렀다. 수정서점이라 수정이었다.

갑년이가 회사에 다닐 때 직속 상사 중에 최금춘이라는 사람이 있었다. 이름만큼이나 포스가 대단한 사람이었고, 갑년이를 많이 괴롭혔던 상사 중 하나였다. 인성의 문제라기보다는 아랫사람 키우는 자질이 없어서 본의 아니게 여러 차례 팀원을 쫓아낸, 어찌 보면 불쌍한 사람이었다.

하루는 갑년과 금춘이 신간 미팅을 하러 온라인서점 본사를 찾았다. 그곳에서 엠디가 눈물을 흘릴 때까지 괴롭히던 금춘의 모습이 갑년은 아직까지 또렷하다. 엠디가 뭘 잘못하셨는지는 기억나지 않지만, 이후 담당자가 바뀌었다.

금춘 씨는 본인이 시킨 일을 잘 못하면 너 이렇게 못해서 어떡하냐 신나게 괴롭히고, 잘하면 너 잘할 줄 아는 걸 여태껏 왜 못했냐고 신나게 괴롭히는 타입이었다. 또 금춘 씨는 아래인지 위인지 애매한 사람을 아랫사람으로 만들려는 본능이 몸에 밴 사람 같았다. 괴롭히는 금춘은 언제나 신나 보였지만 문제는 그 밑에서 갑년이가 단 1초도 신나게 일할 수 없었다는 것이었다. 신나게 일할 수 없다는 것은 실력을 키우기 어렵다는 것과 비슷하다.

갑년이는 할아버지가 기쁨에 차 지은 이름 때문인지 을이 되는 일에 계속 실패했다. 대학 졸업장을 받기도 전에 취직했지만, 여긴 아닌 것 같다며 제 발로 걸어 나온 이후 두 출판사를 다녔고, 두 곳과의 이별 모두 일방 해고의 형식으로 맞았다. 돌이켜 생각해보면 해고는 양반이었다. 네 번째 직장에서는 상사를 형사고소 하며 사직서를 냈으니. 그리고 최금춘은 회사마다 한 명 이상 꼭 있었다. 갑년이가 20대에 세운 목표는 하나였다.

'갑년이로 살자, 금춘이보다는 인자하고 너그럽게.'

※ 최금춘은 특정 인물이 아니다.

싸움의 의미는 갱신된다

아, 다시 떠올리고 싶지는 않지만 그래도 이 사건을 빼고서 지금의 나를 말할 수 있겠느냐는 편집자의 의견이 틀린 말이 아니었기에, 크게 숨을 내쉬고, 2013년에 있었던 내 첫 투쟁에 대해 적어 보려고 한다.

뭐라 길게 쓰고 싶지 않지만, 짧게 써질 일도 아니기에 지금 내 곁에는 초코파이 한 박스와 아이스 아메리카노 1리터, 그리고 항불안제가 놓여 있다. 고소장을 작성하던 2013년 여름의 어느 날처럼.

싸움의 의미에 대해서, 그 시간이 지닌 무게에 대해서 그래, 이 시점에서 이렇게 한번 정리해보는 것도 내게 꼭 필요한 일일 것이다.

정말이지 빡치는 일이 아닐 수 없었다.

성폭력과의 싸움을 시작하면서 직업을 잃었다. 월수입 0원. 싸움은 싸움이고 일은 일 아닌가. 여하간 잃었다. 직장으로 연결된 관계도 거의 다 끊겼다. 그래서 지금도 명절이면 단체 메일임이 분명한 안부 메일을 보내오는 모 업체가 묘하게 고맙다. 6년이 지난 지금까지도 담당자 메일 주소 업데이트를 안 하셨을 뿐이겠지만, 아무튼 그렇다.

싸움도 싸움이었지만 내면의 혼돈을 지켜보는 일 또한 못지않게 고되었다. 아무리 애를 써도 자존감이 점점 낮아졌다. 나를 소중히 여기는 사람들의 염려 대상이 되었다는 참담함, 주변 사람들을 다독이며 나의 선택을 끌어안고 앓는 쓸쓸함도 숙제였다.

인생이 끝난 것 같았다. 그냥 죽으면 될 것 같았다. 아니, 죽어야만 할 것 같았다. 미래를 상상하면 할수록 그랬다. 불면, 우울 등 건강을 위협하는 정신적인 문제는 전에 없던 것이었다. 투쟁의 스트레스가 원인이었다. 불안은 금세 생활이 되었다. 사건에 대한 소문은 사실과 허구가 마구 뒤엉킨 채 출판계를 종횡무진 달리는 중이었다. 지금이야 포털 사이트에서 무언가의 연관검색어로 내 이름이 뜨는 일 정도론 놀라지도 않지만 (그냥 짜증만 난다), 그때는 회사 이름을 검색했을 때 내 이름과 가해자 이름이 줄줄 딸려 나오는 걸 보고 혼비백산해서 앓아누웠다.

나는 평범한 일반인이었다. 회사 다니며 주말 기다리고, 월급 받으면 맛집 가고, 결혼을 할까 말까 생각이 매일 바뀌고,

엄마 생일에 처음으로 명품 가방을 선물하며 우쭐대고(가방값 중 절반은 아빠 돈이었으면서), 자기 전에는 드라마나 예능을 보며 울고 웃는 사람이었다.

*

2년 4개월 동안 근무한 회사에서 나를 둘러싸고 일어난 사건으로 인사권자였던 상무를 [성폭력 범죄의 처벌 등에 관한 특례법 위반](업무상 위력 등에 의한 추행)으로 형사고소 했다. 그때 만난 사람들의 반응은 한결같았다. 잘나가는 회사에 입사해서 탄탄대로를 걷는 줄 알았더니 이게 무슨 날벼락이냐.

이상한 일이 있었다. 대부분이라 해도 무방할 정도의 여자 친구들이 슬며시 내게 자신의 이야기를 꺼냈는데 그게 다 성폭력 피해 경험이었다.
이야기는 이렇게 시작되었다.
"나 이거 누구한테 말한 적 한 번도 없는데"
"○○(파트너)도 모르는 일인데 너만 알고 있어."

길에서 트럭 안의 바바리 맨을 마주했던 일, 클럽에서 누군가가 엉덩이를 꽉 쥐고 달아났지만 잡을 수 없었던 일, 상사에게 당한 강도 높은 성추행, 취한 교수에게 당한 강간, 주차장에서 당한 성폭력 등 사회 고발 프로그램에서나 볼 일들을, 내 바로 앞에 앉아 있는 친구들이 당했었다며 털어놓았다. 말하다 눈물을 터트리는 이도 부지기수였다.

  큰 사건이든 비교적 경미한 사건이든 아무리 오래된 일이어도, 그때 그냥 넘겨버린 일이어도 결코 잊지 않고 있었다. 당시 합리적인 대처를 제대로 해볼 수 없었다는 점, 그렇다 보니 트라우마를 껴안고 살아가는 중이라는 점이 친구들의 공통점이었다. 인턴이기 때문에 어쩔 수 없이 참고 다녔다거나, 싸울 엄두가 나지 않아 개인적인 사정이 생겼다는 거짓말로 직장을 관뒀다거나, 가해자인 교수에게 본인의 학위가 달려 있었다거나, 경찰서까지 갔지만 부모님이 아시고 놀랄까 봐 서둘러 합의하고 끝냈다거나 하는 식이었다.

  많은 여성들이 나보다 더한 피해를 입고도 마음 깊이 묻어두고 살고 있었다. 조용히 넘어가는 경우가 많다는 것을 알고 있었지만 이 정도일 거라고는 전혀 생각지 못했었다. 그러나 또한 묻고 넘어간 그 마음에 대해 조금은 알 것 같았다. 성폭력에 정면으로 대처했을 때 피해자가 감당하게 되는 것들을 그때 나는 막 겪기 시작하는 중이었다.

  피해자는 여러모로 침묵이 '효율적'이라고 자신을 세뇌시키며 상처를 견디게 된다. 나도 1년 동안은 그런 사람이었다. 그런데 침묵의 효율에 의구심이 싹트는 사건이 일어났다. 침묵하고 지낸지 1년이 거의 다 되어갈 무렵, 동일한 가해자로부터 추가 피해자가 발생한 것이었다. 커다란 죄책감이 나를 덮쳤고,

늦었지만 방법이 없을까 고민하는 시간을 가지게 되었다. 대책을 세우지 않으면 또 다른 피해자가 생길 것이었다. 우리 이전에 피해자가 있었을지도 모를 일이었다.

그렇게 고소장을 작성하기 시작했다. 가장 큰 이유는 이런저런 노력을 해보았지만 추가 피해자를 막을 방법이 형사고소밖에 남지 않았기 때문이었고, 두 번째 이유는 견디지 말았어야 했던 것을 견뎌냈던 내 지난 1년에게 늦게라도 사과하고 위로해야 한다는 생각 때문이었다.

처음 세웠던 싸움의 목표는 '나를 포함한' 그 회사의 모든 여직원들이 마음 편히 일할 수 있는 가해자가 사라진 직장이었다. 그리고 기왕 마음고생하는 것, 회사뿐만 아니라 업계에도 경각심을 일깨워주기를 바랐다.

바람 중 일부는 얼추 이루어진 것 같았다. 더 이상 가해자가 그 회사 안에서 있을 수 없게 되었고, 사회에 경종을 울리고 싶었던 목표도 연대해주신 분들의 릴레이 1인 시위를 비롯한 운동과 이런저런 언론 인터뷰를 통해 얼마간 해낸 것 같았다. 그러나 가해자가 사라진 직장에서 일하고 싶다는 소원은 이루어지지 않았다. 이런저런 더럽고 치사한 일들로 결국 사직서를 제출하게 된 것이다.

그럼에도 잘했다고 생각한다. 시간이 많이 흐른 지금까지도 여전한 문제들이 오히려 제 몸을 키워왔지만, 그보다 더 큰 홀가분함이 지속되고 있다. 가해자를 고소하고 나자, 다니는 동안 자랑스러워했던 그곳의 실체를 마주하게 한 사건들이 끊임없이 일어났다. 미련 없이 놓을 수 있게 돕는 듯이.

*

지금 이 글은 한국성폭력상담소로부터 요청을 받아 〈반성폭력〉이라는 비정기간행물에 '싸움의 의미—거의 전부에게 일어나는 일, 일어나도 아무도 모르는 일'이라는 제목으로 발표했던 것을 다시 쓰는 것이다. 내 성폭력 사건의 수사가 '기소 의견'으로 경찰에서 검찰로 막 송치된 시점인 2014년에 쓴 글이었다.

그 글에서 내 싸움의 의미는 아래와 같이 표현되어 있다.

"싸울 여건이 안 되어 울분을 삭이는 사람들이 세상에는 많다. 그들을 자주 떠올린다. 싸울 여건이 되는 것도 행운이 아닐까 생각한다. 이 싸움이 힘들 때마다 나는 내 마음대로 내가 그들의 대표 주자라고 상상한다. 그들이 나를 밀어주고 있다고, 그렇게 상상하면 조금 덜 힘들어진다.

재미있는 사실이 하나 있다. 내게 과거의 성폭력 피해 사실을 어렵게 털어놓은 이들은 그날 꼭 밥을 사고, 커피를 산다. 헤어질 때면 내가 고개를 돌릴 때까지 힘껏 손 흔들며 배웅한다. 기분 탓일까? 그들의 인사는 묘하게 결연하다. 정면 돌파할 수 없었던 당시의 자신을 대하듯, 자신의 상처를 돌보듯 나를 대한다.

이 싸움은 누구보다도 나 자신을 위한 것이지만. 내가 그들에게 이 소송을 잘 이겨보여서, 정면으로 부딪쳐볼 수 없었던 그들도 과거의 자신과 화해할 수 있기를 기도해본다.

(…)

그 어느 때보다도 생의 한가운데를 올바로 걷고 있다는 긍지를 가지고 산다. 실망을 두려워하지 않으며 더 나은 내일을 기대하는 용기도 잃지 않았다. 이거면 충분하지 않은가. 나는 잘 지내고 있다. 싸움을 시작했지만 나는, 아니 싸움을 시작했기 때문에 나는, 잘 지내고 있다.”

2020년에 다시 쓰는 싸움의 의미는 그때와 많이 다르다. 저렇게 곱지만은 못하기도 하고, 이래저래 더 복잡하다.

저 글은 소송에서 이길 수 있다는 희망을 품고 썼다. 나는 소송에서 이기지 못했다. 그러자 회사 대표는 가해자를 회사에

복직시켰다. 나는 결과에 불복하고 재정신청을 하고 티브이, 라디오, 신문 인터뷰를 하고 기자회견까지 열었다. 결과는 '각하'였다.

소송 전 만난 모든 변호사들이 내게 승소할 수 없다고 말했었다. 내 말을 끝까지 들어만 줘도 다행이었다. 어떤 변호사는 대뜸 "그렇게 살지 말라"고 하기도 했고(진짜 지금이라도 전화해서 사과하라고 소리 지르고 싶다), 어떤 변호사는 고소 가능한 시기가 지났다는 잘못된 정보를 주기도 했다. 처음으로 "그래도 싸워보자"며 싸워볼 만한 관련 법령 [성폭력 범죄의 처벌 등에 관한 특례법 위반](업무상 위력 등에 의한 추행)을 알려준 이는 법조인이 아닌 한국성폭력상담소 활동가였다.

현재까지도 [위력에 의한 성폭력] 피해자는 원색적인 비난에 시달린다. 끝내 승소한 피해자도 "요즘 회사에서 상사 오피스 와이프 하려고 줄 서는 여자들이 얼마나 많은데 별 거지 같은 판결이 다 있다"는 둥의 악플에 노출된다. 2013년에는 어땠겠는가. 그때는 위력이 무엇인지, 피해자인 내가 어떻게 느꼈는지, 가해자가 손 안 대고 코 푸는 게 어떻게 가능한지 구구절절 설명하느라 고소장이 10장을 가뿐히 넘겼다.

혐의 없음 판결에 불복하고 재정신청을 하고, 가해자를 복직시킨 대표가 비판을 받는 와중에, 대표는 가해자 편 진술서를 제출해 또 한 번 논란을 일으켰다. "탁수정이 사정사정을 해서 수습사원 기간을 늘려준 것"이라고 거침없이 말을 지어냈고, 내 사생활에 대해서도 확인 없이 확신하며 진술해 올바른 판결이 내려지는 일을 방해하고 교란했다.

나는 아직도 그 출판사 책이 보이면 판권을 살펴본다. 당시 논란이 점점 커지자 "모든 책임을 지고 떠나겠다"고 사임 의사를 밝히고, 본인의 지분을 팔고 회사를 매각했던 대표인데, 그는 요즘 그 회사 책들의 판권에 슬슬 다시 이름을 올리기 시작했다. '경영 자문'이라는 의문스럽고 의뭉스러운 명목으로. 깨끗하게 떠난 줄로만 알았는데 아닌 것 같았다.

어찌된 영문인지 나로서는 알 수 없다. 사실 내 알 바도 아니지만 어떤 징후라는 느낌을 지울 수가 없기에 두려움을 느낀다. 동일 회사에 해당 대표의 복귀가 가능한 일이라면, 대표가 끝까지 감싸주었던 가해자의 복귀도 불가능한 일이 아니라는 합리적 의심과 불안감이 피해자로서 들지 않을 수 없다. 이미 주주 명단에 가해자의 개명한 이름이 올라 있을지도 모른다는 비합리적 상상력이 기어이 내뻗쳤다.

앞에서도 한번 말했지만 나는 2015년 1월, 대표가 가해자에게 유리한 내용의 진술서를 썼던 점과 가해자를 복직시켰던 것에 대해 사과한다는 내용의 편지를 받았다. 법으로는 승리할 수 없었지만, 책임지고 자리에서 물러난 대표로부터 사과도 받았으니 내 투쟁은 마무리가 되는 것 같았다.

그런데 그게 아닌 것이다. 지금은 2020년인데 말이다.

*

요즘 소소하게 열고 있는 독서회가 있다. 《탈코르셋―도래한 상상》을 7명의 페미니스트 독서가들이 모여 7주 동안 읽고 토론하고 실천하는 한시적 독서회이다. 서로 공유하는 문제의식들이 비슷하다 보니 책 내용으로 시작된 토론은 어디로 튈지 모른다. 우리가 나눈 경험과 결심은 서로에게 임파워링도 되어서 내가 만들었지만 아주 타의 모범이 될 만한(!) 참 훌륭한 모임이다.

며칠 전에는 우리가 자신의 장점에 대해 당당히 말하는 경험에 익숙해져야 한다는 주장이 나왔다. 평소 뭐든지 잘 쟁취해내는 사람이라면, 사회가 기회를 자꾸만 주는 사람이라면 가끔 겸손해도 좋을 것이다. 모두가 그를 추어올리고 아부할 테니까. 그렇지만 가정도 직장도 사회도 여성에게는 그렇지 않다. 우리에게는 '겸손 1번에 자랑 10번'을 하는 훈련이 필요하다는 것이다. 아무리 자신을 홍보해도 기회가 부족할 판에 우리는 항상 겸손이 지나치다는 것이다.

물의를 일으킨 수많은 남자 연예인들이 티브이에 다시 나와도 그러려니 한다. 사건을 일으키고, 자숙하고, 작품으로 보답하고, 또 자숙하고, 또 작품으로 보답한다. 그러나 여성들은 그렇지 않다. 아무 물의를 일으키지 않아도 '한물'간다. 물의를 일으키면 그야말로 끝장이다. 한동안 채널을 돌려도 돌려도 계속 나왔던 어느 여성 코미디언이 요즘 보이지 않아 검색해 보았더니 맡고 있는 방송이 하나도 없었다. 무슨 사건이 있었나? 기사를 찾아봤다. 아무 일도 없었고, 인스타그램에 어떤 근황을 공개했고, 쇼핑몰을 하고 있다는 기사들이 좀 있었다. 그리고 한참을 내려 보니 어느 예능프로그램에 게스트로 나왔다는 기사가 있었다. 그는 얼마 전까지만 해도 진행자 격의 스타였다.

이유를 알고 싶다고 생각하다가도, 궁금해할 것도 없지 뭐, 싶다. 우리는 수많은 여성들이 소리 없이 한물가고, 경제적 플랜 B의 비중을 키우려 애쓰는 걸 보면서 살아왔다. 인스타그램을 열심히 업데이트하고, 동료 코미디언의 유튜브에 출연하고, 갈증을 참다못해 콘텐츠 회사를 차리기도 한다.

세상은 여성들로 하여금 너무 자주 이제 다 끝났다는 생각이 들게 한다. 여성에게는 평지보다 낭떠러지가 많다. 잡고 올라갈 동아줄도 턱없이 부족하다.

여성들이 자신의 능력을 좀 더 신뢰해야 한다, '할 수 있을까?' 하는 의구심이 들 때 할 수 있다고 질러버려야 한다, 독서회의 누군가가 제시했다. 멤버들이 모두 동의했다. 그리고 또다른 누군가가 지금 당장 돌아가면서 자기 장점을 말해보자고 했다. 그렇게 갑자기 장점 말하기 대회가 열렸다. 다들 자신의 장점을 잘 알고 있었고 당당히 말했다. 어떤 멤버는 숨도 안 쉬고 손가락 열 개를 차례차례 접으며 장점을 말했다. 우리는 진정으로 감탄하며 "저래야 돼, 우리도 저렇게 할 줄 알아야 돼" 하고 말했다.

내 차례가 왔다. 나는 모깃소리로 "저는 글을 잘 써요"라고 했다. 그리고 두 손으로 얼굴을 가리고 웃었다. 몸이 꽈배기처럼 배배 꼬였다. 잘하는 걸 잘한다고 말하는데 왜 이렇게 어색할까. "이런 내가 싫군요" 하고 이어 말했다.

다음 주에 열 개를 생각해 와서 다시 말하겠다고 해버렸다. 당당하고 담담하게 내가 할 줄 아는 것들에 대해 말하는 사람이 되고 싶었다. 너그러운 멤버들 앞에서 연습하고 나면, 모르는 사람들 앞에서도 말할 수 있게 될 것 같았다.

고민 끝에 뽑은 나의 장점 열 가지는 이랬다.

* 강단 있다
* 좋은 사람들을 잘 찾아내서 사귄다
* 친구가 잘되도록 도와주는 일을 좋아하고 잘한다

\\\

* 고양이들과 금방 친해진다
* 책을 많이 읽는다
* 허벅지가 크고 강하다
* 라디오 문자 사연 당첨에 능하다
* 연대하는 일을 좋아한다
* 글을 잘 쓴다
* 나눔의 행복을 안다

나 정도 읽는 것 가지고 많이 읽는다고 말해도 될까 싶었지만 그래도 말했다. 라디오 문자 사연 당첨에 능하다는 것도 말해도 될까 생각했지만 그냥 말해버렸다. 멤버들은 이견을 달지 않고 박수쳐주었다. 나는 몸을 꼬지도, 두 손으로 얼굴을 가리고 웃지도 않았다. 한 멤버는 "솔직히 지난주에 수정이 보고 놀랐다"고, "장점이 정말 많은 사람인데 주저하는 걸 보고 의아했다"며 띄워주기를 시전하기도 했다.

'연대'나 '투쟁' 같은 단어를 사용할 일이 없는 삶을 살았을 수도 있다. 내 강단이 어디까지인지 실험해볼 기회를 못 누렸을 수도 있다. 대중들 앞에서 억울하게 세상을 떠난 희생자를 기리는 추모시를 읽거나, 책을 쓸 기회가 없었을 수도 있다. 넘어진 이웃을 일으켜줄 힘이 내게 있다는 사실을 몰랐을 수도 있다. 허벅지가 두꺼운 것은 영원히 콤플렉스이기만 할 줄 알았다. 그런데 아니다.

나는 어쩌다 보니 언젠가 한번쯤 상상해본 적 있었던 것 같은 삶을 살고 있다. 생각지 못했던 사람들과 어울리고 생각지 못한 사고를 하며 생각지 못한 미래를 계획하고 있다. 그리고 중요한 건 지금의 내가 2013년 첫 투쟁 이전의 나보다 훨씬 더 마음에 든다는 것이다.

나는 강단이 있다. 나는 글을 잘 쓸 뿐 아니라 끈질기게 쓰고 있다. 나는 끝까지 막아내야 하는 것이 있다. 나는 아직 받아내지 못한 사과가 있다.

싸움의 의미는 갱신된다.

라디오 짐승

말이 나온 김에 라디오 이야기를 해볼까.

여름 휴가철이 다가오고, 여권에 도장을 찍어본 지 2년이 넘어가는 중이었다. 기내식이 어떻게 생겼는지 가물가물해 다시 보고 싶던 차였다. 갑자기 친구에게서 연락이 왔다.

"나 수요일에 회사 관둬!"

아. 이게 무슨 일이지. 나에게 이런 선물이!

"떠나자! 비행기 타고!"

그런데 약간 몸풀기가 필요할 것 같았다. 그래서 목요일이 되자마자 함께 강릉으로 당일치기 여행을 떠났다. 물회를 먹고, 서핑하는 사람들을 구경하고, 바닷물에 발을 담그고, 카페에 앉아 블라디보스토크에 갈지 후쿠오카에 갈지 둘 중 어서 정하자며 수다를 떨었다.

그리고 토요일이 되었다. 유명한 닭볶음탕 집 앞에서 차례를 기다리고 있는데 친구가 말했다.

"나 월요일부터 새 회사로 출근해!"

아니 이게 무슨 소리야. 나는 너무 화가 났다. 아니 너무 서운했다. 눈물이 날 것 같았다. 우리가 그렇게 침을 튀기며 이야기했던 러시아의 킹크랩이며, 일본의 모츠나베는 다 어쩌고. 혁명광장 한가운데에서 투쟁!을 외쳐보기로 해놓고. 오호리공원 벤치에 앉아서 한가로이 커피를 홀짝이기로 해놓고! 러시아 사람들의 미소 없는 친절을 함께 기대해놓고, 골목골목의 네코들을 찾아 츄르를 주기로 해놓고! 당근로션이냐 동전파스냐 갑론을박을 벌여놓고!

그러나 소용없었다. 미래가 창창한 회사에 직급까지 높여준다는데, 워크샵을 유럽으로 가는 곳이라는데, 내가 친구를 먹여 살릴 수 있는 것도 아닌데 어쩌겠는가. 나는 친구를 놓아주고(겨우 4일간의 소동이었지만) 눈 뜨면 나폴이 밥을 주고 라디오를 트는 일상으로 돌아왔다.

"하소연도 좋고요. 자랑도 좋습니다~ 여러분의 휴가 계획, 올해는 어디서 누구랑 보낼 건지 구체적으로 공유해주세요~ #1077 50원 유료 문자~ 100원에 긴 문자, 또는 고릴라로~ 궁금하니까 보내주세요. 듣고 싶은 신청곡도 함께 보내주세요~"

하!소!연! 나는 이 세 글자에 꽂혔다. 박소현 언니의 목소리였다. 당장 보내야지.

"퇴사 기념으로 함께 여름휴가 가기로 했던 친구가 갑자기 또 다른 회사 입사한다고 다 취소하재요~ 너무 화가 나요. 절교할까 봐요. 2NE1의 'I don't care' 틀어주세요!"

아니지. 안 그래도 날 덥고 불쾌지수 높은데 공중파 라디오가 이렇게 짜증스러운 사연을 선택해줄 리 없어! 그리고 친구의 입사를 축하해주지 않는 내 좁은 속내가 너무 부끄럽잖아!
나는 시점을 조금 과거로 당겨보았다.

"여자 친구가 오늘 일 년 다닌 회사에서 퇴사합니다. 시무룩해 할까 봐 내일 당장 강릉으로 떠나기로 했어요. 특별 휴가 잘 다녀올게요~ 오마이걸의 '비밀정원' 틀어주세요."

쓰다 보니 시점만 과거로 당긴 게 아니었다. 일단 우리 사이가 다정한 연인으로 바뀌어 있었고, 홀가분한 퇴사가 시무룩한 톤으로 바뀌었다. 그리고 화자는 세상에서 제일 자상하고 다정한 사람이 되었다. 음. 만족스러웠다. 신청곡 '비밀정원'은 어느 편집자 친구가 일본에 있을 때 차 안에서 듣다가 갑자기 눈물이 펑 터질 만큼 좋았다며 알려준 곡이었다.
전송!

그리고 내가 보낸 사연은 딱 2분 후에 라디오에서 흘러나왔다.

와. 이런 짜릿함은 또 처음이잖아!

그때부터였다. 나는 라디오를 사랑하는 한 명의 단순한 청취자에서 사연 당첨에 굶주린 한 마리 위험한 짐승이 되었다.

며칠 뒤 또 우리 집 나폴이의 사연이 〈두시탈출 컬투쇼〉에 등장하게 되는데! 그리고 또 며칠 뒤 김신영의 〈정오의 희망곡〉이 보낸 '구워 만든 곡물 그대로 21 스낵' 한 박스가 택배로 도착하게 되는데! 비결이 궁금하신 분들은 트위터로 멘션 주시라.

왜 살아?
_세상이 나를 필요로 한다고 혼자서라도 믿는 것

백수 4년 차(?)까지는 새해가 오는 게 너무 괴로웠다. 모아놓은 돈은 떨어져 갔고 고향에 가도 체면이 안 섰다. 낮에는 어서 밤이 되어 수면제를 먹으면 좋겠다고 생각했고, 아침에 눈 뜨면 살아 있다는 걸 믿고 싶지가 않아서 몸을 일으키지도 않은 채 눈물을 흘렸다.

자고 일어나면 다시 충전되어 있는 몸과 시간이 너무 난처했다. 할 일이 없었다.

내가 바란 건 한 가지였다. 보람이 있고, 세상에 긍정적인 영향을 끼치고(해악이라도 끼치지 않고), 말이 되는 보수를 지급하는 '직장'. 초과근무 같은 건 괜찮았다. 위의 조건에 부합하기만 한다면 축복으로 받아들일 작정이었다.

이 이야기를 하면 모두가 한숨을 쉬었다. "나도 그래" 하면서. 그렇지만 그들은 직장이 있었고 나는 아니었다. 나는 일을 좋아하는 사람인데, 노동은 언제나 행복했는데 왜 일할 곳이 없지? 왜 일할 수 없게 되었지?

분야를 막론하고 오랫동안 백수였으나 성공한 사람들, 뒤늦게 데뷔해 잘 사는 사람들의 이야기에 집착했다. 증거나 확신으로 삼을 것들이 필요했다. 이렇게 한번 넘어지면 어쩔 줄을 모르고 허둥지둥 살다가 '아, 정말 인생 모르겠다' 하며 자살하는 게 인생이 아니라고 누구든 알려주었으면 했다. 은희경 작가가 서른다섯에 데뷔한 이야기나, 영화감독이 꿈이었던 천명관 작가가 입봉에 실패하고 마흔이 다 되어 습작 삼아 쓴 작품이 베스트셀러가 된 이야기를 늘 마음속에 품고 살았다.

백수 4년 차 때까지는 그랬다. 그렇지만 5년 차 때는 조금 달라졌다.

4년 차 12월 31일에는 소중한 페미니스트 친구들과 먹고 마시고 춤추면서 1월 1일을 기다렸다. 문단 내 성폭력 해시태그 운동으로 정신이 하나도 없었던 해였다. 한 해 동안 몇 명의 간당간당한 목숨을 살폈고(그해에는 너무 많은 주변인들이 자살을 시도하다 나에게 들켰다), 친구들이 슬픔을 통과해내는 일을 도왔고, 끔찍한 소송들 곁에서 함께했고, 온갖 소동 끝에 기어이 책《참고문헌없음》을 함께 만들어냈다. 그 정도면 죽는 것보다 더 나은 한 해라고 생각할 수 있었다. 내 1년을 납득할 수 있었다.

똑같이 폐쇄 병동에 드나들고 똑같이 사랑에 실패했지만 그래도 조금은 나아져서 뭔가를 남긴 해였다. 세상은 어떻게 생각할지 모르겠지만, 내 덕에 조금 더 나은 2017년이 된 것 같았다.

사실은 중요하지 않다. 나 혼자서라도 믿을 수 있는 게 절실했다.

그리고 그 후, 2018년은 책을 쓰는 기쁨으로 한 해 내내 뿌듯했고, 2019년은 한 번도 폐쇄 병동에 입원하지 않은 스스로를 대견해하면서 미성년 때부터 디지털성범죄아웃(DSO)을 만들어 활동해 'BBC 100인의 여성'에 선정된 자랑스러운 하예나 님이 보신각 타종을 하는 모습을 보려고 양손을 맞잡고 기다렸다.

올해가 마무리될 때는 또 어떤 기분일까. 가는 해가 뿌듯하고 오는 해가 기대되기를 기도해본다. 왜 사냐는 생각할 틈도 없이 바쁘게 꼼지락대며 살고 싶다.

모스경도계

칠전팔기가 웬 말인가. 여덟 번 일어나기는커녕 일곱 번 넘어질 힘도 없는 사람이 있다. 단 한 번 넘어지고 폐쇄 병동에 들락거려야 했던 사람이 여기 있다.

　활석 〈 석고 〈 방해석 〈 형석 〈 인회석 〈 장석 〈 **수정** 〈 토파즈 〈 강옥 〈 다이아몬드

　학교 다닐 때 익힌 모스경도계이다. 무른돌부터 굳은돌까지 열 가지 돌의 이름. 여기에 소중한 내 친구들의 이름을 대신 넣어볼 수 있을 것 같다. 신체 건강과 정신 건강을 나누어서 넣어볼 수도 있을 것 같다.

　아주 단단해서 일곱 번쯤 부딪혀도 여전히 반짝이는 다이아몬드 같은 친구가 있는가 하면, 보드랍기 짝이 없어 베이비파우더로 쓰이는 활석 같은 친구도 있다. 그런데 한국의 직장들은 죄다 다이아몬드만 견딜 수 있는 곳인 것 같다.

그래서 나의 강옥과 토파즈, 수정과 장석, 인회석 친구들은 부서져서 점점 작아지고 있다. 형석과 방해석, 석고와 활석 친구들은 햇빛을 보려 하지 않고 슬픈 노래만 듣고, 청소를 미루어두고 끼니를 거르고, 입퇴원을 반복하고 월세를 내지 못해 집에서 쫓겨나고 있다.

나는 어디쯤에 있는 돌이며 어떤 돌을 도울 수 있지? 어떻게 해야 하지?

어찌어찌 살다 보니 활동가나 사회운동가 같은 표현이 따라붙기도 했지만, 사실 나는 내가 실체 없는 인간이라고 쭉 느껴왔다.

미투운동이 한국을 휩쓸었던 2018년 봄, 네이버 메인과 〈경향신문〉 1면에 내 인터뷰가 실린 후, 그리고 JTBC 〈뉴스룸〉 손석희 앵커와의 인터뷰를 마친 후, 한동안 포털 사이트에 내 이름을 입력하면 연관검색어로 학력, 남편, 나이, 프로필 같은 게 떴다.

학력: 고만고만하고, 남편: 없고, 나이: 애매하게 많고, 프로필: 내세울 게 없고. 그래서 클릭해봐도 나오는 게 없었다.

"나 무슨 해파리 같네……."

분명 살아 움직이는데, 희미했다.

뭐가 되어야 할지 알아내는 게 생각처럼 쉽지 않다. 한평생 모를 수도 있을 것 같다. 언젠가부터 어디든 누구에게든 도움이 되는 방향으로 움직이며 살자, 이 끈 하나만 잡고 있다. 어디로 가야 잘 가는지, 어떻게 가야 빨리 가는지 알 수 없다. 희미한 방향만 느낀다.

'기여감'이라는 말을 자주 쓴다. 실제로 있는 말인지는 모르겠다. 생업을 잃은 후로, 나는 기여감을 산소처럼 여기며 지내왔다. 그리고, 그래서 자주 숨이 막히는 것을 느낀다. 뛰다가 지치고, 누워서 쉬다가 불현듯 자해하고, 입원하고.

기여감을 충분히 느낄 수 있는 어떤 곳에 내 의자가 하나만 있었으면 좋겠다. 푹신한 가죽 소파가 아니어도 좋으니까. 옛날 초코파이 광고에 나오던 딱딱한 나무 걸상이어도 좋으니까. 작아도 되고 등받이가 없어도 좋으니까. 어렵지 않게 호흡하고 싶다.

어디에 있을까? 나의 의자는.

팟캐스트 〈혐오스런 박나비의 일생〉,
공연 〈사랑스런 박나비의 일생〉

팟캐스트 메이트 박나비와 나는 사실 좀 뜬금없이 같은 집에서 살게 되었다.

어느 날, 모 출판사의 편집자였던 친구가 상부로부터 미움을 받은 건지 갑자기 물류 창고로 보내졌다. 그 친구를 책이 될 원고가 놓인 책상 앞에 다시 앉히겠다고 나는 출판노조 동지들과 함께 투쟁이라는 이름으로 독하게 굴고 다녔다.

그런데 그 출판사는 알려진 사실보다 더 스펙터클한 곳이었기 때문에 밤길이 무서웠다. 광화문에서 1인 시위를 하고 있는데 문신 많은 아저씨가 먼 듯이 가까운 곳에 앉아 나를 노려보며 담배를 뻑뻑 피우면, 저 사람 혹시 흥신소에서 온 거 아닐까 싶었다. 그냥 문신을 사랑하고, 담배 피울 곳이 마땅치 않고, 내가 있어서 봤을 수도 있다. 그런데도 나는 무서웠다.

문단 내 성폭력 해시태그 운동 때 가해자로 호명되었던 사람들이 나를 끝장내려고 기회를 보고 있다는 소리도 심심찮게 들려왔다. 어떤 친구가 "야. 너 칼 맞는다. 조심해 좀" 같은 소리를 해서이기도 했다. 그래서 마포구가 아닌 곳에 나와 내 고양이를 잠깐 숨겨줄 사람이 없을까, 방 한 칸이나 침대 한편이 남는 착한 사람이 내 주위에 없을까 찾아보게 되었다. 불안을 견디기가 힘들었다.

마침 싱어송라이터 나비가 있었다. 하우스메이트가 떠난 지 얼마 안 되어 나비는 좀 우울한 상태였던 것 같다. 그때의 우리는 친구라기에 좀 어정쩡한 사이여서 덥석 함께 살기에는 애매한 면이 없지 않았다. 그렇지만 이것저것 가릴 때가 아니었다. 조금 긴 고민 끝에, 오라고 할 때 가야 한다고 결심을 굳히고 짐을 쌌다. 싱어송라이터 나비는 문신도 많고, 공장도 다니고, 기타도 잘 쳐서 좀 멋있기도 했다. 같이 살면 재미있을 것 같았다.

나비의 집은 야트막한 산에 있었다. 거의 꼭대기라고 해도 무방하다. 더 높은 곳에는 집이 몇 채 없었다. 동네에는 연탄으로 난방하는 집도 있었다. 어느 날 친구가 나를 차로 데려다주었다. 걸어가도 된다고 했는데 계속 태워주겠다고 고집을 부리면서 말했다. 시선은 내비게이션을 향해 있었다.

"지금부터 1킬로미터 올라가라고 여기 나오는데 어떻게 걸어가……."

그때 알았다. 아. 우리가 매일 오르내리는 그 경사로가 1킬로미터가 넘는 길이었구나. 어쩐지 숨이 차더라…….

언젠가부터 나비는 사람들에게 말을 하고 싶다고 했다. 팟캐스트나 유튜브 같은 걸 하고 싶다고 했다. 여러 번 그냥 넘기다가 어느 날 밤, 아이디어가 떠올랐다. 줄줄줄 내 생각을 읊었다.

"제목은 '혐오스런 박나비의 일생'으로 해. 콘텐츠는 박나비야. 박나비 TMI로 팟캐스트를 가득 채울 거야. 아주 지겹도록 박나비 이야기만 하는 거지. 가족사, 어린 시절 이야기, 거쳐 온 온갖 직업, 가지고 있는 질병, 문신과 피어싱 때문에 일어난 일, 거주환경 변천사, 좋아하는 책이랑 영화 이야기, 연애 이야기. 다 해. 전부 다 말하는 거야. 제작과 기획은 내가 하고, 주인공은 박나비야. 가장 개인적인 것이 가장 정치적이다!"

그러고선 정말 대본을 쓰기 시작했다. 나비는 즉석에서 괴랄한 느낌의 오프닝송 비트를 찍더니 그 위에 얹을 본인의 목소리를 녹음했다. "혐오스런↗ 박나비의↗ 일생~ 생~ 생~ 생~ 생~~~~~." 귀신 목소리 같았다. 마이크 살 여윳돈 따윈 없었다. 그래서 녹음과 편집 모두 그냥 구형 아이패드로 작

업했다.

그렇게 〈혐오스런 박나비의 일생〉이라는 팟캐스트가 탄생했다. 나는 제작과 기획만 한다고 해놓고서는 나비 옆에 앉아 같이 웃고 떠드는 '진행자 2'가 되었다.

우리는 잠깐만 같이 살려고 했는데 1년을 넘게 살았나. 골골대는 여자 둘이 서로 돌보며 지내다 보니 그렇게 되었다. 내가 낸 집세만 보면 나는 여러 달 전에 나갔어야 했다.

나비는 나와 사는 동안에도 여러 직장을 전전했다. 하루는 한 달 정도 열심히 다니던 전화로 치아보험을 판매하는 곳을 관두고, 평양냉면 한 그릇 값도 안 되는 돈을 급여라고 받아왔다. 안 그래도 건강이 좋지 않았는데 입금된 금액을 보고 충격이 컸는지, 그날 이후 모든 것으로부터 손을 놓았다. 월세는 10개월 이상 밀린 상태였다. 집주인 아주머니는 허구한 날 문을 쿵쿵쿵 두드렸다. 나비의 우울은 점점 깊어만 갔다. 팟캐스트 〈혐오스런 박나비의 일생〉을 이어가는 게 문제가 아니었다. "그땐 그랬지" 하며 깔깔 웃을 수 있는 상태가 아니었다.

나비에게는 도움을 받을 가족은커녕, 연락이 닿는 피붙이도 없다. 나는 병원 갈 버스비조차 없어진 나비를 결국 주민센터에 데려갔다. 얼마 후 집에 구청 복지사가 다녀갔고, 또 얼마

후 긴급생활지원금이 나왔다. 그러는 동안 나비의 우울증은 손쓸 수 없이 깊어지더니 어느 날 기어이 사고를 치고 말았다. 나는 나비를 폐쇄 병동에 입원시켰다.

그리고 나는 원래 살던 원룸으로 돌아갔다.

앞이 깜깜했지만, 나비를 아끼는 사람들이 많다는 사실을 믿었다. 문득 뮤지션 요조 님이 떠올랐다. 조심스레 SOS 신호를 보냈는데, 요조 님은 나비 소식에 너무 놀라더니 앞뒤 안 재고 작당 모의에 뛰어들었다. 우리는 온갖 생각을 나누다가 공연을 열기로 마음을 모았다.

연남동의 진부책방이 흔쾌히 장소를 내어주었다. 뮤지션 오소영 님이 공연에 참여해주기로 했다. 뮤지션 시와 님도 함께하기로 했다. 포스터 디자인은 봄알람의 디자이너 우유니가 도맡아주었다. 나는 나비를 생각하며 썼던 시를 몇 편 낭독하기로 했다.

반나절도 안 되어 모든 것이 결정되었다. 공연의 제목은 '사랑스런 박나비의 일생'이었다.

함께 살았던 1년 동안 나에게는 나비의 영화 취향이 묻었고, 나비에게는 나의 페미니즘이 묻었다. 나는 나비를 따라 공포 영화를 조금씩 즐기기 시작했고, 요가 동작도 몇 가지 알게 되었다.

나비는 낙태죄 폐지 이슈에 용기 있는 목소리를 내기 시작했다. 종로구 보신각에서 있었던 미프진(임신 중단 약물) 복용 퍼포먼스에 참여했다가 즉흥으로 나서 멋진 연설을 남겼고, 닷페이스와 봄알람의 낙태죄 폐지를 위한 다큐멘터리 프로젝트 〈세탁소의 여자들〉, 팟캐스트 〈말하는 몸〉, KBS 〈거리의 만찬〉 낙태죄 편에도 출연했다.

낙태죄는 폐지되었고, 팟캐스트는 공연 제목이었던 '사랑스런 박나비의 일생'이라는 새 이름으로 다시 시작을 도모했으나 또 쉬고 있다. 아무래도 나비의 운명이 제목을 따라갈 것 같아서 바꿨는데 나비의 만족도는 전만큼 높지 못한 것 같아서 조금 슬프다.

앞으로 또 어떻게 될지는 우리도 잘 모른다. 다만 어떤 청취자가 남긴 댓글 "기다리고 있으면 오실 거죠?"가 가슴 깊이 남아 있다.

팟캐스트를 쉬는 동안 나비는 뜬금없이 스탠딩코미디언으로 데뷔를 했다. 천상 무대 체질인지 오랫동안 스탠딩코미디를 해온 코미디언들 못지않은 입담과 능숙한 무대 매너로 웃음을 끌어냈다.

내게 어떻게 희망이 없을 수 있겠는가. 서른일곱에도 새 직업을 하나 더 만들어내는 친구 나비가 곁에 있는데.

오지랖은 곗돈이다

기부에 눈을 뜬 건, 이민경 작가가 기부에 돈 쓰는 걸 옆에서 목격하면서부터다. 어느 해의 송년회 모임 자리였는데 어떤 페미니스트들의 공익 프로젝트 이야기가 나왔고, 다들 핸드폰으로 그 프로젝트를 들여다보게 되었다. 그때 그가 "아, 나 이거 해야겠다" 하더니 오십만 원을 척 보냈다. 그렇게 기부하는 모습을 그 뒤로도 여러 번 보게 되었는데 우연인지 그때마다 금액은 오십만 원이었다. 그래서 "아! 오십만 원!" 하고 뇌리에 박혔다. 내가 한 최대 기부액들은 그래서 다 오십만 원이다. 이건 진짜 정말 큰일이네 싶으면 나는 척~ 입금했다. 어머니가 생활비 하라고 육십만 원을 보내주셨는데 거기서 오십만 원을 척~ 떼어 보내는 것이다. 내가 생활하며 쓸 오십만 원과 성폭력 피해자가 쓸 오십만 원의 중요함이 얼마나 다를지 경험으로 알기 때문이다. 물론 이건 위급한 경우고 대부분의 기부는 이만 원, 삼만 원, 오만 원이다. 여하간 내가 하고 싶은 말은 삼만 원이냐 오십만 원이냐가 아니라……

결혼하지 않은, 직장이 탄탄하지 않은, 대단한 백이 없는, 갑자기 아플 수도 있는 우리 존재들은 아주 쉽게 나락으로 떨어질 수 있는 데에 비해 너무 대책이 없다는 것이다.

우리가 본의 아니게 바닥으로 떨어지고 있을 때 매트리스가 없을 것이라는 공포는 우리를 구석으로, 구석으로 더 더 밀어붙인다. 매트리스는 있을 수도 있고 없을 수도 있지만, 우리는 있을 때도 없을 것이라고 믿고, 없을 때도 없을 것이라고 믿는 게 습관이 되어, 나뭇가지에 맹독이 있는 줄도 모르고 나뭇가지를 부여잡고 손이 썩는 것을 견디며 버티곤 한다.

나는 우리에게 매트리스가 있다고 자꾸 주장하고 다닌다. 정말 있어서 있다고 말하는 게 아니라 자꾸 말해서 사실이 되길 바라기 때문이다. 누군가가 법적 위험에 놓여 있을 때, 갑자기 입원했을 때 나는 겁도 없이 말한다.

"일단 돈 걱정은 하지 말아봐."

그러고선 그 말을 책임지느라 컥컥대곤 했다.

국가의 도움을 받을 수 있는지 알아보기, 관련 사단법인을 찾아보기, 최악의 상황에는 모금 작전을 그간 써왔다.

문단 내 성폭력 피해자 중 한 분의 중환자실 입원일이 길어져, 병원비는 순식간에 천만 원에 다다랐다. 그때 몇몇 작가님과 함께 병원 원무과와 담당 의사선생님께 상황이 어떤지를 어필해서 건강보험심사평가원에 서류를 보내고 국민건강보험의 혜택을 더 많이 받을 수 있게 도왔다. 변호사비가 없는 피해자의 이야기를 전해 들었을 때는, 한국성폭력상담소에 연락하면 '월요상담'이라는 걸 받을 수 있고, 변호사 지원으로 이어질 수도 있다는 정보를 나눠주었다. 또 나비가 궁지에 몰렸을 때에는 나비를 사랑하는 사람들과 합심해 지지 공연을 열었다. 책《참고문헌없음》도 문단 내 성폭력 피해자들의 소송비와 의료비를 만들기 위해 정말 많은 사람들이 힘을 합쳐 이뤄낸 기획이었다.

이런 일들을 아주 많이 해낸 것은 아니지만, 일단 시도를 했을 때는 늘 어떻게든 해결이 되었다. 이런 해결 방식들이 '계(契)'와 비슷하다는 이야기를 김소연 시인이 해주신 적이 있다. '펀딩'이나 '지지 공연' 등 이름만 다를 뿐 전통 사회의 협동조합 정신인 계와 같다는 것이다.

'곗돈 타는 날'은 빙글빙글 돈다. 중간에 계주가 튀는 사건 사고가 있기도 하다지만, 별일 없다면 빙글빙글 돌아 내 차례가 온다. 타인을 도우며 사는 사람들 사이에서 지내면, 그러다 타인의 도움을 받아보게 되면, 그들에게 감사해하다 보면, 나도 곧 그런 사람이 된다.

어려운 타인을 돕겠다는 마음을 가진 내 주위 모든 이가 고맙다. 돕는 이에게 둘러싸여 살면, 나도 언제든 돕는 사람으로 변모하게 되고, 그렇게 살다 보면 그 어떤 벼랑 끝에 매달려 있어도 나에게는 매트리스가 있다고 믿게 된다. 조금은 더 안락하게 이 세상에 머물 수 있다.

사회시스템이 우리 마음 같지 않을 때 방법은 하나뿐이다. 사방팔방 오지랖을 부리는 것이다. 많이 벌어서 오지랖 많이 부리는 사람이 될 수 있으면 좋겠다.

감옥에 가야 할지도 몰라!

이백만 원을 어디서 구하지?

　몇 주 전, [정보통신망법 허위사실유포 명예훼손죄]로 고소 당한 결과가 나왔다. 벌금형 이백만 원. 옳다구나 하고 민사소송을 또 걸어올지도 몰라, 하는 생각은 일단 미뤄두고서라도 당장 이달 23일까지 이백만 원을 어떻게 조달할지 궁리해야 했다. 통지서에는 벌금 낼 상황이 되지 않으면 노역으로 대신할 수 있다고 적혀 있었다.

　20일이면 다녀올 만하지 않을까?

　왜인지 모르겠지만 자주 해왔던 상상이다. 감옥에 가는 나. 특별히 대단한 이유가 있는 건 아니지만 지금까지처럼 조금, 조금씩 구석으로 내몰리다 보면 점점 더 나빠질 수도 있겠다, 나빠지다 보면 극단적인 일이 일어날 수도 있겠다, 하는 보편적인 우울증, 불안증 환자의 생각이었다. 상황이 나쁘다고 몸

사리는 성격도 아니고, 당장 옳다고 믿고 성급히 움직이다 문제가 된 적도 있다 보니, 더 나쁜 일이 언제든 일어날 수 있다고 생각해왔던 것이다.

감옥에 있는 나를 가장 자주 떠올렸던 때는 2016년 가을부터 시작된 문단 내 성폭력 해시태그 운동 시기였다. 누군가의 눈에는 그때의 내가 물정 모르고 허위고 사실이고 신나서 떠들어대는 성격파탄자 같아 보였겠지만, 그때의 나는 매 순간 긴장해 있었고 두려움에 떨었고 하루가 멀다고 벌어지는 초유의 사태에 당황했고 여기저기 가능하든 불가능하든 해결해보겠다고 뛰어다녔다. 남들 앞에서 용감한 척 의연한 척 괜찮은 척했지만 실은 항정신성 약들에 의존하고 있었다. 합법과 불법 사이에서 간당간당 줄을 타던 그때 나는 여차하면 또 큰 실수를 할 수도 있는 상태였고, 알지만 당장 급하니까 어쩔 수 없다고 생각했었다.

"여자가 큰일 하다 보면 어! 전과도 좀 생길 수 있고 어! 돈도 좀 날릴 수 있고 어! 그런 거지!"

센 척하며 자주 했던 말이다. "여자가 큰일 하다 보면"이라는 표현은 실제로 요즘 페미니스트들이 즐겨 쓰는 말이기도 하다. 여자가 갈 수 없는 곳, 성역은 없어! 구치소든 감옥이든 어! (정신 차려!)

최근 카카오뱅크 계좌를 개설했다. 폰뱅킹도 할 줄 모르는데 핸드폰으로 이것저것 척척 되는 것이 신기하기도 했고, 개설절차도 간편했고, 귀여운 캐릭터 카드도 갖고 싶었다. 문득 카카오뱅크 '비상금 대출'이 떠올랐다. 찾아보니 세상에 무슨 비상금을 삼백만 원까지 빌려준다고 적혀 있었다. 이백만 원만 딱 빌려서 제때 벌금을 내자. 설마 내가 1년 후에도 이백만 원이 없겠어? 1년 후에 갚는 거야! 이자도 한 달에 한 번 성실히 내고! 그러면 되지 않을까. 마침 이자도 걱정했던 것보다 비싸지 않았다. 물론 내가 고리대금업 기준으로 지레짐작했기 때문에 상대적이었지만.

세상 물정 밝은 친구에게 물어보았다.

"카카오에 비상금 대출이라고 있잖니. 그런 거 대출받으면 큰일 날까?"

친구는 대답했다.

"괜히 잡스러운 돈 야금야금 빌렸다가는 너 집 살 때 대출 못 받아."

아. 그렇구나. 집을 살 일이 없을 것 같기는 하지만, 그래도 사람 일은 모르는 거니까. 서울 말고 어딘가에 내가 번 돈으로

살 수 있는 집이 있을 수도 있으니까. 그리고 뭣보다 양문형 냉장고가 들어가고 매 끼니 직접 해 먹을 만한 크기의 주방이 있는 집에서 사는 게 내 꿈 중 하나니까. 급하다고 이백만 원 대출받았다가 나비효과가 막 휘몰아쳐서 먼 훗날 집을 못 사게 될수도 있겠다. 그럼 안 되지. 그럼 또 어떤 방법이 있을까.

경제생활을 하지 않게 되면서 내팽개쳐둔 주식이 떠올랐다. 내게는 15년 묵은 주식 계좌가 있다. 이래 봬도 경제학도였던 것이다. 오랜만에 코스피 지수와 코스닥 지수를 검색해봤다. 세상에. 코스피가 2,000 밑으로 내려가기 직전이었다. 2,500을 달성했다고 언론에서 폭죽을 터트리던 게 불과 얼마 전이었던 것 같은데 이게 무슨 일인가. 나의 묵은 주식들은 그간 오르기는커녕…… 두 눈을 의심하게 만드는 충격적인 푸른색 범벅에 내상만 크게 입었다. 황량했다. 마치 싸이월드처럼.

역시 노역장이 답인가. 아르바이트를 구한다고 해도 요즘의 최저임금으로 하루 십만 원을 버는 건 거의 불가능 아닌가. 노역장에 가면 하루에 십만 원씩이나 쳐준다는데, 내 노동이 가장 높게 평가받을 수 있는 곳은 아무래도 노역장인 것 같았다. 봉투 접고, 볼펜 끼우고, 인형 눈알을 붙인다던데 아무래도 잘할 수 있을 것 같았다.

친구 몇몇에게 물어보았다.

\\\

"나 노역장 가보고 싶기도 하고, 지금 갈 깡다구도 좀 있는데, 내가 지금 미친 것 같으면 근거 좀 대줘."

친구 1번의 답장은 이랬다.

"넷플릭스가 사람 다 망쳐놓는다니까. 한국 감옥이 오뉴블*이면 내가 너 대신 가준다. 빵에서 뿔테 안경 쓴 긴머부**랑 연애도 찐하게 하고, 감옥 일상 칼럼도 쓰고 얼마나 좋아. 근데, 여기 한국이야. 넌 〈친절한 금자씨〉 상상해야 해."

욱. 〈친절한 금자씨〉의 감옥에서는 연애가 아니라 강간인데…….

친구 2번은 이렇게 말했다.

"친구 중에 병역거부로 몇 년 살고 온 애 있거든. 거기 밥이 안 깨끗하대."

친구 3번이 결정타를 날렸다.

---

* Orange Is the New Black. 2013~2019년 7시즌에 걸쳐 넷플릭스에서 방영한 미국 드라마. 중산층 뉴요커가 과거 치기로 저지른 범죄에 발목을 잡혀 여성교도소 수감 동안 벌어지는 이야기.
** 긴 머리 부치(butch)의 줄임말.

"미쳤어? 탁수정 정신 차려. 대한민국에 너 고꾸라지기만 바라고 있는 자지 새끼들이 얼마나 많은데! 걔네 신나서 춤추는 꼴 보고 싶어? 안 돼. 절대 안 돼. 절대 절대 안 돼."

아. 그렇지. 적들을 행복하게 할 수 없지. 얼마나 떠들어 대겠어. 그럼 어떡하지. 도대체 어떻게 이백만 원을 만든단 말인가!

이제 옷장 문을 열어봐야 할 차례였다. 나에게는 당근마켓이라는 최후의 수단이 있지!! 그렇지만 팔면 돈 될 만한 옷이…… 초저녁에 다 팔아치워 없었다. 그리고 옷장 한구석에 내가 돈 좀 번다고 한창 유세할 적에 엄마 생일선물로 사줬던 루이뷔통 백이 있었다. 엄마의 이니셜이 크~게 박혀 있는 걸 괜히 한 번 만져보았다. 생각이 '아…… 얘가 이백만 원 넘던 앤데……'와 '아니야. 엄마 물건 건드리는 거 아니다' 사이를 여러 번 왔다 갔다 했다.

아. 정말 어떡하지. 이쯤 되니 나도 궁금하다. 23일의 내가 어디서 어떻게 이백만 원을 공수해낼지.

2

싸움을 시작했기에
나는 잘 지내고 있다

\\\

갑질은 미세 먼지 같은 것

24살 때부터 30살까지 회사를 네 군데 다녔고 매번 신입 사원이었다. 사원 이상의 직급을 달아본 적이 없다. 가장 열심히, 길게 다닌 곳이 마지막 회사였는데 그게 딱 29개월이었다.

어느 날이었다. 회사 차를 몰고 외근한 후 시간이 많이 늦어 바로 퇴근을 한 나는 다음 날 회사 차를 운전해 출근했다. 자유로에서 출판단지로 진입하는 어드메에서 1톤 트럭이 중앙선을 넘어와 내가 운전하는 차를 그대로 박았다. 나는 너무 깜짝 놀라 오른쪽에 차가 오는지 확인할 새도 없이 핸들을 꺾었고, 그래서 다행히 트럭이 나를 정면으로 덮치지는 않았다. 보닛이 다 내려앉았고 나는 많이 놀란 상태였다. 그 회사는 막내부터 출근하는 경향이 있는지라 시간은 좀 이른 편이었고, 보험회사를 부르고 어쩌고 하는 동안 회사 상사들의 차가 지나가다 회사 차를 알아보고 하나둘 멈춰서기 시작했다. 그래서 본의 아니게 나는 토끼 눈으로 회사 상사들에게 둘러싸여 있게 되었다. 보닛이 박살 난 차는 몰 수 없는 상태였고 누군가가 나를 "어서 태워 가라"고 했다. 그래서 또 다른 누군가가 운전하는 차를 타게 되었는데, 어처구니없는 일이 일어났다.

나를 태운 차가 회사 앞에 서는 것이다. 이 글을 읽는 분 중혹시 이것이 당연하다고 생각하는 분도 계실까? 너무 당황했지만 별수 없었다. 그냥 회사 문을 열고 들어갔다. 정상 출근을 한 것이다. 오전 업무를 시작했다. 베스트셀러들과 주력 마케팅 중인 신간들이 교보문고에서 몇 부 팔렸는지 온라인 교보에선 몇 부 팔렸는지 예스24에선 몇 부 팔렸는지 인터파크에선…… 알라딘에선…… 열심히 판매현황표를 작성해서 늦게 되어 죄송하다고 사과하며 편집 팀에 걸고, 마케팅 팀에 걸고, 대표실에 걸었다.

돌이켜 생각해보면 그런 일이 그렇게 당황할 일은 아닌 회사였다. 그 "태워 가라"고 한 상사는 나를 "태워 가라"고 했지 "태워 병원에 가라"고 하지 않았다. 이후 나는 집에서 가까운종합병원을 알아본 후, 퇴근 후 방문해 기본적인 검사들을 받았고, 진단 결과를 "태워 가라"고 한 상사에게 간단히 보고했다. 그때 그는 이렇게 반응했다.

"아~ 거기? 교통사고 나이롱 진단 전문 병원? 거기 유명하지~"

뭐 어디 부러져서 드러누워야 할 정도는 아니었으니 반박

할 근거도 없었고 짬밥도 없었다. 가짜 환자가 되려고 일부러 거길 찾아간 사람이 된 것 같아 무안했지만 나 따위가 무안한 게 뭐 대수인가. 그냥 인사를 꾸벅하고 서둘러 나왔다.

교통사고 직후의 말단 사원을 대리급 사원에게 "태워 가라"고 윗사람이 말하면, 말단 사원을 어디로 태워 가야 할지 판단하는 것은 대리의 몫이 된다. 그때 그 대리는 나름 판단의 과정을 거쳤을 것이다. 그래서 나는 정상 출근하게 된 것이고.

"태워 가라"고 말했던 사람은 이후 나로부터 고소장을 받게 될 가해자 상무였다. "회사 앞으로" 태워 간 사람은 내가 성폭력 피해 사실을 공론화한 이후, 사소한 일로 나를 회사 안 외진 곳으로 불러 철문에 주먹질을 하며 "내가 우스워?" 고성을 지르게 될 대리였다.

갑들의 말과 행동은 이토록 무심한 척, 실은 아주 세밀하게 작동하며 번져나간다.

눈치껏 알아서 기는 인간들은 미세 먼지 같다. 입자가 눈에 보이지 않지만 덩어리가 되어 시야를 가린다. 북한산도 가리고, 남산타워도 가리고, 심지어 하늘도 가린다. 예쁠 때는 예쁘다. 노을 질 때 하늘이 분홍색인 것이 미세 먼지 때문이라는 말을 들은 적이 있다.

한국에서 매해 늘어나는 것이 자살 청소년 수나, 가정 폭력 피해자 숫자가 아니었으면 좋겠다. 알아서 기지 않는다는 이유로 '또라이'나 '노답'이나 '요즘 것들'이라는 소리를 듣는 직장인 수였으면 좋겠다. 그 요즘 것들이라는 빗방울이 모여, 큰비가 내렸으면 좋겠다.

사측이 구매하는 건 오직 노동력이지, 노동자의 일생이 아니다.

온몸에 묻어 있던 쭈그리는 버릇을 이제는 싹 다 떨쳐내고 싶다. 누구에게도 잘 보이려고, 또는 밉보이지 않으려고 애쓰고 싶지 않다. 자연스러운 편이 좋다. 떠나갈 사람은 떠나가도 무리하지 않고, 다가올 사람은 다가와도 무리하지 않는 삶을 살고 싶다.

여섯 평 원룸, 싱글 여성

어릴 적 상상했던 서른의 나는……

자동차 키를 빙글빙글 돌리며 오피스텔 엘리베이터를 기다리는 모습이었다. 오피스텔의 한 벽은 통창으로, 아침이면 하늘이 넉넉히 보이고, 밤에는 야경이 아름답게 빛날 줄 알았다. 침대는 푹신하고, 이불은 호텔 침구처럼 바삭바삭하고, 다른 한쪽 벽에는 커다란 브라운관이 있거나 빔 프로젝터를 쏠 수 있는 넉넉히 빈 흰 벽일 줄 알았다. 음질 좋고 제법 비싼 오디오와 세련된 조명 정도는 구비하고 살 줄 알았다. 사랑하는 강아지나 고양이도 있을 거라 생각했다.

그런데 이런 상상을 할 적에 주방에 대해서는 단 한 번도 생각해본 적이 없었다.

　주방.

생각해본 적이 없으니 주방 같은 것이 나를 괴롭힐 수 있을 것이라는 상상도 당연히 해본 적이 없었다.

가로세로 40센티미터쯤 되는 개수대 하나, 끝까지 올려도 충분히 달아오르지 않아서 센 불에 해야 하는 요리는 불가능한 인덕션 한 구, 130리터짜리 누런 냉장고, 조리대는 아예 없다. 양파든 감자든 두부든 도마를 놓고 썰어야 요리를 할 텐데. 음식을 하면 어디 앉아서 먹어야 할 텐데 식탁도 없다. 보통의 가정집이라면 오븐이나 서랍이 있었을 인덕션 아래에는 세탁기가 빡빡하게 들어 있다. 이런 집에 옷감을 덜 상하게 해주는 드럼 세탁기가 있다는 것은 또 참 깔깔 포인트다.

아침에 몸을 일으키지도 않은 채 울던 때, 그때는 이 집이 나를 죽일 수도 있다고 생각했다. 공간이 주는 고통이 실제로 몰려와 폐쇄 병동에 입원했다 퇴원하면, 다시 여섯 평이었다.

처음 이사 왔을 때는 젊을 적 잠시 머물다 금세 떠나 귀여운 추억이 될 줄 알았는데. 다행인지 불행인지 집주인 아저씨는 나가라는 말이나 집세를 올려달라는 말이 없었고, 나는 그렇게 긴 세월 한곳에 눌러앉아 살고 있다.

처음 이사 왔을 때 친구들은 입을 모아 말했다. 그 비싼 돈에 겨우 이런 집에 들어왔냐고. 그런데 지금은 그 값의 전셋집이 연남동에 존재하냐고 묻는다.

　게다가 이제는 사방이 원룸 빌라다. 계절마다 이웃 단독주택의 정원에 피던 꽃들과 나무에서 열리던 열매들의 존재감을 느끼며 슬퍼하고 있다.

벽걸이 티브이가 있었으면 좋겠어!

직방과 다방에 속았다.

불안과 우울이 다시 고개를 들던 차라 입원을 해야 할지 말아야 할지 고민하는 날들이 계속되고 있었다. 입원만 하면 상황이 호전된다는 것은 알고 있다. 그러나 그렇게 입원했을 때마다 몇백만 원이 아주 우습게 깨졌다.

이사를 하면 괜찮아질 것만 같았다. 직방 앱과 다방 앱에는 반전세로 얻을 수 있는 멋진 방들이 아주 많았다. 지금 집을 빼서 보증금 5,000에 40~50 또는 4,000에 50~60인 인간답게 살 수 있을 집으로 갈 생각이었다. 그런 집들이 마침 은평구에 많았다. 사진을 보면 너른 주방이 있고, 거실도 있고, 방도 두 개나 있었다. 어떤 집은 테라스도 있었다.

부모님이 마련해준 전세금의 일부가 월세로 나가야 한다는 것이 슬프지만 병원비가 몇백씩 드는 것을 생각해보면 그게 그

거라는 생각이 들었다. 주위의 친구들도, 어른들도 집에만 오면 말하곤 했다. "이렇게 조그마한 집에 근 십 년을 처박혀 있는데 어떻게 네가 괜찮아질 수가 있겠어." 다들 어서 이사 가라고 했다. 그런데도 마땅한 방법이 없어 계속 지냈던 집이었다.

나는 이사할 생각에 며칠 동안 마음이 부풀어 올랐다. 반전세로 가면 좋은 집들이 이렇게나 많구나.

그런데 아니었다. 사실이 아니었다. 어느 한 부동산의 솔직한 설명 한 줄로 다른 부동산들이 다 뻥을 치고 있었다는 사실을 알게 되었다(다른 부동산들은 '어차피 그걸 아는 건 너무 기본이라 안 쓴 건데?' 하는 것인가 보다). 그들이 5,000/47이라고 써둔 집은 보증금 5,000만 원에 월세가 47만 원인 집이 아니었다. 전세 2억 3천8백만 원의 집인데, 직장이 있는 사람의 경우 전세자금 대출을 1억 8천8백만 원 받은 후 매달 은행에 이자를 47만 원씩 내라는 뜻이었다. 아니 이자랑 월세는 다르죠!

직장, 직업. 나는 직장에 다녀 돈을 버는 줄만 알았지, 직장을 다녀서 대출도 받을 수 있다는 생각은 해본 적이 없었다. 직업은 여러모로 중요하구나. 그리고 나는 지금 직업이 없구나. 배신감의 수신인이 누구인지도 잘 모르겠지만 여하간 치를 떨었다. 그리고 시무룩하고 우울한 나날들이 다시 이어졌다.

오후 두 시에 일어나 커피를 마시고 나면, 포켓몬고 게임을 하러 밖으로 나가 자정이 넘어 집에 들어오는 방탕한(?) 나날이 계속되었다. 그러던 어느 날, 갑자기 갖고 싶은 게 생겼다.

바로 벽걸이 티브이.

이 년쯤 전, 나는 집의 인터넷을 끊었다. 그리고 핸드폰 데이터로만 살고 있다. 무기력과의 전쟁을 선포하며 취한 특단의 조치 중 하나였다. 트위터나 인스타그램 정도는 하지만 넷플릭스나 왓챠플레이 같은 동영상 콘텐츠들을 계속 볼 수는 없다. 정 급하면, 너무너무 보고 싶은 영화나 드라마, 유튜브 채널이 쌓여 있으면 고양이 세수라도 하고 근처 카페로 튀어 나가겠지, 그것마저 귀찮으면 쌓여 있는 책들을 좀 읽겠지, 하는 마음으로. 그러나 아니었다. 그냥 영상 콘텐츠 소비마저 관둔 무기력한 사람이 되었다.

어느 날 정신을 차려보니 포스코사거리에 와 있었다. 포켓몬고를 하려면 걸어야 하는데 걷기조차 귀찮아 앉을 자리가 있는 아무 버스나 타고 게임을 했더니 어느덧 선릉이었다. 고개를 들어 보니 말로만 듣던 카페 테라로사가 눈앞에 있었다. 두꺼운 외서로 꾸민 벽면이 근사했다. 들어가서 커피를 주문하고 글을 쓰려고 노트북을 켰다. 글은 무슨 글. 그럼 그렇지. 왓챠플레이를 냅다 틀고선 왜 핸드폰에서는 되는 콘텐츠 다운로드가 컴퓨터에서는 되지 않을까만 골똘히 생각하고 있었다.

　뒤 테이블에 앉은 아주머니들이 보이스 피싱 당한 이야기를 나누고 계셨다. 뭔가 낌새가 이상해서 녹음 버튼을 눌렀다는 분 이야기부터, 어떤 남자가 어린 아들 이름을 대면서 지금 우리가 데리고 있다고 말하는 바람에 1,500만 원을 입금해버린 아주머니 이야기까지. 아이는 아무렇지도 않게 집에 돌아왔고, 이야기를 듣더니 "내가 1,500만 원밖에 안 해?"하며 크게 웃었다고 한다. 아니 엄마가 1,500만 원이나 날리셨는데 웃음이 나오는 아들이라니.

　엿들으려고 엿들은 건 아니지만 들리는 이야기들이 다 너무 재미있었다. 내가 쓰는 글들이 과연 저들의 말보다 흥미진진할까? 아니면 가치라도 있을까?

　티브이를 사면, 지역 케이블 기사님을 불러 인터넷과 방송을 연결해야 할 테니, 책을 안 읽더라도 넷플릭스와 왓챠플레이를 번갈아 틀면서 세계의 드라마, 다큐멘터리, 스탠딩코미디들을 챙겨 보겠지. 유행하는 예능이나 드라마라도 보며 좀 더 웃겠지. 또 그렇게 머릿속에 뭐가 좀 쌓이면 글 쓸 밑천이 되겠지. 틀면 바로 뭐든 나온다는 건 정말 중요해! 바로 지금 저 아주머니들이 하는 이야기들처럼 재밌는 게 그냥 틀면 바로 나온다고! "이사를 하면"은 금세 "티브이를 사면"으로 바뀌었고 그에 필요한 자기 합리화도 테라로사에서 아주머니들의 입담에 감탄하다 완성되었다. 이제 티브이만 있으면 내 인생이 알아서 훌륭하게 잘 굴러갈 것만 같았다. 이사하지 않아도 좋다! 티브이만 있으면 견딜 수 있다!

친구에게 전화를 걸었다. "이사 갈래"가 "티브이 살래"로 바뀐 이야기를 구구절절 늘어놓은 후 의견을 물어보고 싶었다. 내가 미친 것 같니? 친한 이들에게 가끔 점검을 받아야 마음이 편해지는 것도 있고 말이다.

"아주 본격적으로 침대 위에서 내려오지 않겠는데? 그렇다면 티브이를 사는 대신 하루에 딱 여섯 시간만 직장인들처럼 생산적인 일을 해보는 게 어때."

친구는 '너 요즘 한심하다', '너 요즘 걱정된다'는 말을 참아온 것 같기도 했다. 내가 생각해도 최근 얼마간은 정말 호더 같은 나날이었다.

"하루에 여섯 시간이면 할 수 있을 것 같아. 그래! 그럼 나 자신과 약속하고 티브이를 살래!"

행복한 상상들이 다시 보글보글 끓어올랐다. 그렇지만 또 이럴 때마다 따라오는 불길한 예감. 벽걸이 티브이를 설치하고 인터넷 기사님을 부르고 난 뒤 얼마 지나지 않아 9년 동안 아무 말도 없던 주인아저씨에게서 "세를 한 3천 정도 올려야겠어요 ~ 요즘 우리 동네 집값이 많이 올랐잖아요" 같은 문자가 올 것 같은 예감. 며칠 엉엉 울기만 하다가 이 작은 방에서마저 쫓겨나게 될 것만 같은 그런 예감. 좀 잘 살아 보려고 뭘 하려고만 하면 나를 괴롭히는 그놈의 예감!

어찌 됐건 나는 티브이를 살 것이다. 빨리 다시 괜찮아지고 행복해지고 싶었다. 내일 지구가 멸망하더라도 나는 티브이 한 대를 사서 저 벽에다 달 것이었다.

그때 다시 전화벨이 울렸다.

"수정아. 너 티브이 달려고 하는 벽 노크하듯이 똑똑 두드려봐."

그 벽은 이런저런 계산을 해보았을 때 이 좁은 방에서 유일하게 티브이를 달만 한 여유 공간이었다. 불안하게 왜 이러지.

똑똑 두드려보았다. 텅텅 소리가 났다.

"소리 어떻게 나?"

텅텅, 텅텅 이었다. 나는 그 소리를 전화기 너머로 들을 수 있게 해줬다. 친구는 자비 없이 말했다.

"거기는 가벽이라 벽걸이 티브이 못 달아~ 다른 벽 없어?"

아…… 다른 벽이 있었으면 애초에 "나 이사 갈래"도 없었을 것이고 자연히 "나 티브이 살래"도 없었을 것이었다.

"없어! 벽 없어!! 없다고!!!"

아…… 정말! 서러워서 눈물이 났다. 빚을 내서라도 티브이를 사려고 했는데. 티브이를 사면 모든 게 다 좋아질 것 같았는데. 벽이 없으면 티브이도 못 산다고 했다. 펑펑 울었다.

사랑한다면 커피를 만들어줄 게 아니었지 뭐야

대학생 때였다. 경제학도였던 내 눈에 문예창작학과 학생들은 진짜 대학생 같았다. 자기 세계가 있고, 비판적으로 사고할 줄 알며, 상대방이 누구든 솔직하게 말했다. 각자 어딘가 별난 구석이 있었고, 연애도 경제학과 친구들보다 더 멋있게 하고, 엠티 가서도 경제학과보다 더 희한하게 노는 것 같았다.

뭔가 예술가적으로 보였단 소리다.

예술, 예술이란 무엇인가. 그게 알고 싶어서 예술가와 연애를 했다. 상대는 미디어 아티스트였고, 내가 열다섯 살 때부터 너무나 사랑했던 뮤지션의 뮤직비디오를 감독한 사람이었다. 나보다 열한 살 많았고, 섹시한 면이 통 없었다. 그렇지만 그때의 나는 호기심만으로도 연애할 수 있었다. 그를 사랑했던 것 같지는 않은데 그의 삶이 재미있었다. 그는 아침이면 에스프레소를 뽑아주었고, 끼니마다 새 모이만큼 먹고 배가 부르다고 했다. 집 청소는 하지 않는 듯 보였고, 모든 컵은 바닥이 갈색이었다. 학력에 콤플렉스가 있었고, 한국을 싫어했다. 잘나가는 패션 잡지와 인터뷰도 하고, 티브이 인터뷰는 왜인지 할 때마다 통편집되었다. 다양한 국적의 아티스트들과 협업했고, 거대한 화랑을 가진 정치인 따님의 호출을 받기도 했다.

대학생이었던 나에게 그의 삶은 별세계였지만, 눈곱만큼도 나를 예술로 인도하지는 못했다. 다만 엉뚱한 게 하나 남아 지금까지 내 삶에 이어지고 있다.

바로 모카포트.

그가 종종 만들어주던 커피가 그렇게 맛있었다. 집에서 어떻게 이런 맛의 커피를 만들 수가 있지? 매번 신기했다. 모카포트를 쓰는 사람들이 별로 없을 때였고, 믹스 커피를 노동의 동반자로 여기는 가풍 속에서 살아온 나로서는 더더욱 처음 보는 물건이었다.

말이 길어졌다.

포인트는 나는 요즘 모카포트로 뽑는 에스프레소를 비롯해서 집에서 카페 못지않게 다양한 음료를 만들어 즐긴다는 것이다. 일명 그 유명한 홈 카페다.

나는 모카포트가 두 개다. 하나는 4인용이고, 다른 하나는

2인용이다. 4인용은 이제 10년도 더 되었고 2인용은 비교적 새 것이다. 에스프레소가 추출되면 요즘 우유 대신 마시는 아몬드 음료와 몇 가지 시럽으로 이런저런 베리에이션을 한다. 비가 오는 날이나, 추운 계절에는 다이소에서 2천 원 주고 산 거품기로 우유 거품을 낸다. 어릴 때 카페에서 잠깐 일했던 경험이 평생 이렇게 쓰인다.

연애질로 알게 된 또 다른 커피가 하나 있다. 바로 무스탕 커피다. 네팔의 커피였던 것으로 기억하는데 마셔본 적은 없다. 커피에 술과 버터와 설탕이 들어가는데, 들어가는 술이 럭시라는 네팔의 술이고, 버터는 양젖으로 만든 버터라고 했다. 네팔에 가지 않는 이상 어떻게 마셔보겠는가.

무스탕 커피를 알게 해준 사람과는 처참하게 헤어졌지만 어느 겨울날 문득 커피 기억이 났다. 한번 만들어 볼까 싶었다. 갓 뽑은 에스프레소에 집에 굴러다니던 보드카를 넣고, 냉동실에서 얼마나 있었는지 모를 버터를 꺼내 넣고, 흑설탕을 넣었다. 실제 무스탕 커피의 맛이 어떨지 모르겠지만 내가 만든 지독한 혼종도 그 나름의 매력이 있었다. 찐득하고, 쓰고, 느끼하고, 게다가 코에는 보드카 냄새가 훅 끼쳤다. 추운 날씨와 어울리는 맛이었다.

지금은 술을 마실 수 없는 탓에 만들지도 마시지도 않지만 누군가 놀러 와 무스탕 커피를 해달라고 청한다면 언제든 가능하다. 끊기 직전까지 마셨던 보드카가 아직도 집에 굴러다니고 있다.

우리 집에 놀러 오는 친구들에게 커피 타줄까? 묻는 일은 언제나 행복하다. 그러나 애인이 오면 달라진다. 애인은 생강차를 마셔야 한다.

고전적(?)인 차 중에서는 생강차를 좋아한다. 생강차는 겨울이 오면 직접 만든다. 흙이 잔뜩 묻은 햇생강을 사다가 정성 들여 씻고, 온수에 불려두었다가 살살 깎는 것부터 시작한다……면 내 삶과 어울리지 않을 것이다. 효재님도 아니고 타샤튜더 할머니도 아니라서 중국산인지, 한국산인지, 햇생강인지, 묵은 생강인지는 중요하지 않다. 어차피 나는 라벨에 적힌 정보를 의심하는 나쁜 버릇이 있어서 그저 기왕이면 한국산이기를, 기왕이면 햇생강이기를, 기왕이면 키워주신 농부들이 유통업자에게 생강값을 제대로 받으셨기를 바라며 아무거나 산다. 갈아져 있기만 하면 된다. 그 간 생강을 몇 봉지 사서 큰 유리병에 넣고, 흑설탕을 부어 대충 젓는다.

끝이다. 아, 냉장고에 넣어야지.

늦가을부터 겨울까지 나는 생강차를 달고 산다. 망이 촘촘

한 차 거름망 위에 생강차를 몇 숟갈 얹은 뒤 그 위에 뜨거운 물을 천천히 부어준다. 우유를 붓고 홍차 티백을 넣어 진저 밀크티를 만들기도 한다.

언젠가 《생강의 힘》이라는 책이 건강 부문 베스트셀러였던 적이 있었다. 그 책은 생강교(教) 성서에 가까웠다. 그 안에 든 말을 다 믿지는 않지만, 그 책을 통해 생강이 몸에 좋다는 것만큼은 철저히 알게 되었다. 그 책의 부제는 무려 '먹기만 해도 만병통치'이다.

여하간 내가 겪은 확실한 효과는 두 가지였다. 겨울이 덜 춥게 느껴진다는 점과 폭발하는 정력.

긴말은 할 수 없을 것 같다. 내가 은근히 수줍어하는 경향이 있는 사람이기 때문이다(반발은 트위터 디엠으로만 받겠다). 많이들 만들어 드시기를 바란다. 유의 사항은 딱 하나. 위장이 쓰리도록 마셔서는 안 된다는 것. '생강은 맵다'는 기본적 사실을 잊어서는 안 된다.

어린아이 입맛의 애인은 생강차를 강권당할 때마다 거부하며 왜냐고 물어온다. 나는 그저 웃을 뿐 답을 할 수 없다. 내가 은근히 수줍어하는 경향이 있기 때문에……

'집에서 마시는 에스프레소'라는 혁명을 일으킨 이탈리아의 비알레티가 부도 위기에 처했다는 뉴스를 얼핏 본 것 같다. 예술이란 무엇인가. 이제는 궁금하지 않다. 지금의 나는 예술이 궁금해서 예술가와 친구 맺거나 연애하지 않는다. 예술가는 뭐니 뭐니 해도 성폭력과 위계 없이도 교류할 수 있는 예술가가 최고다. 내가 보유한 커피 레시피도 이 정도면 되었다.

만렙을 찍었다

동대문구 제기동에 볼일이 있었다. 늦은 저녁이었는데 아이들 넷이서 뭔가 애타는 표정으로 세븐일레븐 앞 벤치에서 핸드폰을 붙들고 있었다. 익숙한 분위기였다. 포켓몬고 앱에 로그인했다. 역시.

　그곳은 공개된 지 얼마 안 된 포켓몬 캐릭터 '디아루가'가 도사리고 있는 체육관이었다. 네 명의 남자아이들은 20레벨, 30레벨 초반대의 계정들을 가지고 있었고, 디아루가를 너무나 갖고 싶은데 뜻대로 되지 않는 중이었다. 나는 레이드 패스를 꺼내 팀에 합류했다. 120초가 지나고 우리들 앞에는 거대한 디아루가가 나타났다.

　"오!!!!!"
　"오~~~~~"
　"타격감이 달라~~~~~~"
　"오! 이번엔 되겠다!!!"

\\\

그래 녀석들. 내가 바로 만렙누나다. 힘을 합쳐 디아루가를 얻는 데 각자 성공하고 나는 물었다.

"동대문구 레이드 팀이세요?"

모르는 사이라면 아무리 나이 차이가 커도 존댓말은 필수다.

"홍대 가는 버스는 이쪽 방향에서 타나요, 아니면 건너서 타야 하나요?"
"이쪽이에요~ 저기 간판 불 보이시는 데 쯤에 버스 정류장 있어요."

미성년자 전우들에게 경의에 가득 찬 눈빛을 받으며, 늙은 유저는 도가니를 주무르며 버스를 타러 뛰었다.

우울과 전쟁 중인 사람에게 내가 즐겨 추천하는 것 중 하나가 바로 포켓몬고 게임이다.

나는 속초 유학파다. 이웃 나라 일본에서는 포켓몬고 게임이 가능했지만 한국에는 아직 오픈되지 않았을 때, 웃기게도 속초와 울산 일부 동네에서만 포켓몬고가 가능해 화제가 되었다. 전국의 지우(〈포켓몬스터〉의 남자 주인공, 여자 주인공은 이슬이다) 꿈나무들이 속초로 몰려왔고, 속초의 시장경제가 갑자기 활성

화되었다. "한국의 태초 마을이 속초다.", "속초처럼 아무 노력 없이 갑자기 잘되고 싶다." 사람들의 재치 있는 말들이 SNS에 넘실거렸고, 한동안 속초는 화제의 중심이었다. 그때 나는 무엇에 홀린 듯이, 함께 홀린 친구들과 속초로 유학길을 떠났다. 그리고 그곳에서 수많은 포켓몬 친구들을 만들었다. 나의 잉어킹과…… 나의 단데기와…… 나의 캐터피와…… 나의 디그다와…… 게임에 푹 빠져서 이틀을 보내고 집으로 돌아온 나는 포켓몬고가 한국에서 정식 오픈하는 날만을 손꼽아 기다렸다.

불안과 우울로 감정을 다스릴 수 없을 때, 바깥으로 나와 걷는 것만큼 좋은 게 없다. 그러나 불안하고 우울한 사람들은 집 밖으로 나오는 일부터가 벌써 너무 높은 벽이다. 아침에 일어나기도 힘들고, 일어나도 씻기가 힘들고, 나가기 전 첫 끼 첫술을 뜨기가 힘들고, 선크림 바르기도 힘들다. 정말이지 무기력만 한 장사가 없는 게 바로 우울과 불안이다. 그때 포켓몬고가 큰 도움이 되어 주었다. 한 명의 지우가 되어서 상수동 합정동 망원동 연희동 서강대 이화여대 연세대 등등 사방팔방을 누비고 다니는 것이다. 게임에 몰두하고 있으면 걷는 중이라는 생각은 어느새 사라진다. 어둑어둑해져 집에 가야겠다는 생각이 들 때 비로소 '아, 다리가 아프네' 하고 깨닫는 게임이 바로 포켓몬고다.

포켓몬고는 정말 쉽다. 머리를 쓸 일이 없다. 그저 걸어 다니면서 요기조기 나타나는 포켓몬을 잡고, 포켓 스탑이 나오면 빙글빙글 돌려 아이템을 얻고, 체육관이 나오면 다른 팀과 싸워보기도 하고, 같은 팀일 때는 나무 열매로 힘을 북돋아주고 지나가기도 한다.

아. 지금은 처음보다는 조금 복잡한 게임이 되었다. 그동안 다양한 기능이 추가되었기 때문이다. 가장 주요한 새 기능은 친구 맺기인데, 이 기능으로부터 파생된 다양한 기능은 더더욱 삶에 활기를 불어넣어 주었다. 친구 맺기 기능이 생긴 이후 세계 곳곳의 사용자들과 친구를 맺어 선물을 주고받을 수 있고, 외국에서 보내온 알을 부화시킬 수도 있다. 외국 친구들이 보낸 선물을 열 때면 외국 포켓 스탑의 사진이 뜨기 때문에 그곳의 풍경을 엿볼 수도 있다. 나의 포켓몬 친구들은 일본, 벨기에, 미국, 인도, 프랑스, 독일, 멕시코, 베트남 등 세계 곳곳에 퍼져 있다. 물론 뭐 하는 분들인지는 알 길이 없다.

레이드 배틀 미션이 생기면 나는, 우리 지역 포켓몬고 사용자들의 오픈 카톡에 접속해 그날의 일정이 어떻게 되는지 슬쩍 보고 길을 나선다. 서교동 성당 앞, 또는 서강대학교 알바트로스 동상 앞, 성미산 마을극장 앞 등에서 공통점이라곤 전혀 없어 보이는 한 무리의 사람들이 핸드폰을 뚫어져라 보며 뭔가에 열중하고 있다? 그들은 높은 확률로 포켓몬고 유저들이며 전설의 포켓몬과 진지하게 전쟁 중일 것이다.

"수고하셨습니다."

전설의 포켓몬을 쓰러뜨리고 나면 고개를 들어 서로에게 인사를 건넨다. 슬쩍 눈인사하면 무리에서 몇 번 마주쳤던 분들이 답례하신다.

"어? 암탉 님 오랜만이에요~"
"저 이로치* 잡았어요!"
"휴. 전 전두환 시절 디아루가**가 나왔네요."
"저보다 낫네요. 전 일제강점기 때 어르신***이 오셨어요."

소소한 인사를 나누고, 우리끼리 알아듣는 농담을 주고받고, 또 다른 레이드가 오픈되는 근처 체육관으로 이동한다. 피리 부는 사나이의 한 장면처럼 한 무리의 남녀노소가 동네를 누비고 다닌다. 그들은 닉네임으로 불리며, 연령대 정도만 오픈되어 있다. 직업이 무엇인지, 사회적 지위가 어떤지, 집안 사정이 어떤지 본인이 먼저 말하지 않는 이상 서로 알 일이 없다.

---

* 이로치가이(いろちがい)에서 가져온 별명. 색감이 일반 포켓몬과 다른 희소성이 있는 포켓몬을 뜻한다.

** CP(Combat power, 전투력) 1987의 디아루가를 말한다. 전두환 정권 연도와 같은 숫자라 붙은 별명.

*** CP 1910의 포켓몬을 말한다. 전투력 수치를 연도로 치환해 1910년 생이라고 표현했다.

그러던 어느 날이었다. 일주일에 50킬로씩 걷는 날들이 흐르고 흘러, 만렙을 찍었다. 내 평생 제일 잘했던 게임 '슈퍼마리오'도 끝판 대장 쿠파가 나오면 매번 패배하고 말았었는데 (그때는 초등학생이었다) 인생 최초의 만렙을 서른여섯에 찍게 되었다.

그런데 이상했다. 살이 찐 것 같았다. 그렇게 많이 걸어 다녔는데도 나잇살인지 잘 입고 다니던 바지의 허리가 조이는 듯했다. 후크와 금속 장식이 닿는 부위가 독이 오른 것처럼 간지러웠다. 뱃살이 급격히 쩌서 살이 트려고 하는 걸까. 내 살을 만지는데 내 살 같지 않은 기분이 들기도 했다.

피부과에 갔다. 의사 선생님이 불이 켜지는 커다랗고 귀여운 돋보기를 들고 유심히 살피시더니 말씀하셨다.

"대상포진입니다."

과로하고 과로하고 과로하면 걸린다는 바로 그 병, 대상포진에 걸리고 말았다. 무려 포켓몬고를 하다가 말이다. 온갖 약들과 연고를 처방받아 집으로 돌아오며 박장대소를 했다. 참으로 열심히 살고 있는 나에게 큰 박수를 보내면서 한동안 매일매일 연고를 발랐다.

암일지도 몰라!

건강검진 안내서가 날아왔다. 회사 생활을 할 때야 받았지만 백수 생활을 시작한 이후로는 없었다. 어디 보자, 하며 펼쳐본 우편물에서 이런저런 검진표들 사이에 '자궁경부암'이 눈에 띄었다. 국가의 서비스를 참 외면하고 살았구나, 이번에는 꼭 받아야지 했는데 어느덧 11월이 되었다.

자궁경부암이라. 예방접종을 했다는 친구들 이야기를 왕왕 들어왔지만 맞을 생각을 해보지는 않았다. 여러 번 맞아야 한다더라, 맞으면 한 며칠 몸살에 앓아눕는다더라, 비싸다더라, 백 퍼센트 예방은 안 된다더라, 남자들이 안 맞으면 여자 혼자 맞아서는 소용없다더라, 일본은 위험하다고 안 맞는 분위기라더라 등등 참인지 거짓인지 모를 이야기들 사이에서 우왕좌왕했더니 경험 없는 30대가 되었다.

괜찮겠지 뭐. 이리저리 물어 집 근처 친절하다는 한 산부인과에서 검진을 받았다. 의사 선생님은 순식간에 세포를 떼어가셨다. 너무 간단해서 방심하고 있었다.

그런데 결과 메일에 '자궁경부 이형성증'이라고 적혀 있었다. 추가 검사를 받아야 한다고도 적혀 있었다. 이때까지도 처음과 거의 비슷한 가벼운 마음으로 산부인과에 갔다. 세포를 한 번 더 떼고 사진을 찍고 아, 8만 원은 큰돈인데…… 하며 돌아왔다. 그런데 결과 문자가 심상치 않았다.

"인유두종바이러스 검사 결과 00번, 00번, 00번 바이러스 양성입니다. 내원 상담받으세요."

몸이라는 게 그렇겠지. 이것저것 살고 있겠지. 인생 살다 보면 이런저런 더러운 일들 다 생기는데 육신이라고 무바이러스 무균상태일 수 있겠어? 유산균도 있고 곰팡이도 있고 뭐 그렇겠지~, 하며 다시 병원에 갔다.

"걱정 많이 되시죠? 에휴. 바이러스들이 나와버렸네요."

의사 선생님은 미간에 팔자 주름이 생기는 미소를 지으시며 나를 맞이하셨다. 지금 좀 심란해야 하는 상황인 건지 의아하게 만드는 측은한 눈빛이었다.

"고위험군인 바이러스가 발견되었기 때문에 무조건 조직

검사 받으셔야 하고, 예방접종 이른 시일 내에 맞으셔야 해요."

또 지난번에 찍은 사진과 결과표를 보여주셨다.

'윽. 저 곱창 같은 사진은 뭐지.'

선생님의 말씀을 요약하면 이랬다.

자궁경부암을 일으키는 인유두종바이러스는 약 40여 종이고, 그 바이러스들은 고위험군과 저위험군으로 분류가 되는데, 내게서 발견된 바이러스 중 하나가 고위험군 중에도 가장 고위험군인 바이러스 16번, 18번 중 하나라는 것이었다. 그리고 1년이 지나서 다시 검사해보았을 때 개인의 면역성에 따라 90퍼센트는 사라지는데, 10퍼센트는 사라지지 않고 자궁경부암으로서의 미래를 꼼지락꼼지락 도모한다는 것이었다. 그래서 나는 또 얌전해져서 옷을 갈아입고 의자에 가서 앉았다.

'선생님은 저의 조직들을 필요한 만큼 잘라 가십시오. 저는 잠시 명상을 하겠습니다.'

조직검사까지 총 세 번 의자와 나의 고독한 시간을 가졌다. 검사가 끝나고 일어나려고 하자 간호사 선생님이 또 미간에 팔자가 그려지는 미소로 내 두 어깨를 지그시 누르며 말씀하셨다.

"가만히 계세요. 어지럽거나 어떤 문제가 없는지 보고 시간을 두고 천천히 일어나셔야 해요. 문제 있으면 바로 말씀하세요. 아프면 진통제 맞고 가셔야 하니까요."

아아. 나는 정말 아아아아아아아무렇지도 않은데 왜 자꾸 측은한 눈빛들을 보내시는 건가요. 여하간 이후 의사 선생님과 간호사 선생님의 안내는 요약해보면 이랬다.

- 인유두종바이러스 예방 백신의 종류는 두 가지이다.
- 백신 가다실 4가는 고위험군 16번, 18번을 포함한 4가지의 감염을 막아주고 1회 18만 원이다.
- 가다실 9가는 고위험군 16번, 18번을 포함한 9가지의 감염을 막아주고 1회 21만 원이다.
- 무엇을 고르든 2개월, 4개월 간격을 두고 총 3번 맞아야한다. 즉 비용은 위의 3배.
- 오늘의 진료비와 검사비는 5만4천 원이다.
- 보조적으로 도움을 줄 수 있는 세정제는 4만5천 원인데 구매를 한번 고민해보시라.

결론은 내 몸에 인유두종바이러스들이 살고 있고, 자궁경부 세포가 왜인지 모르겠지만 꼼지락꼼지락 이상하게 변화해 있고, 그것은 어쩌면 암일지도 모른다는 것이다. 집에 알리고 싶지 않았는데 어쩔 수 없었다. 병원에서 나오자마자 전화를 했다.

"엄마. 나 63만 원짜리 주사를 맞아야 한다는데 돈이 없어서 못 맞았어."

암인지 아닌지 알게 되기까지의 과정에만도 이렇게 돈이 줄줄 새어나가고 있는데 암이면 또 얼마나 많은 돈이 새어나갈 것인가.

'부모님이 피땀 흘려 번 돈을 생활비 이상으로 건드리지 않는 딸이 되게 하소서.'
기도하는 마음으로 조직 검사 이후 3일째 되는 밤을 보내고 있다. 4일 남았다!

영양제 전쟁

요즘 들어 멀쩡하던 무릎이 가끔 아프고, 평소 먹던 대로 먹었는데 장이 버거워하는 게 느껴질 때가 있다. 갑자기 위장이니 대장이니 여기저기 고장 나서 병원 신세를 지는 친구들이 주변에 늘기도 했다. 게다가 대상포진에 걸렸다! 게다가 암일지도 모른다고!?

건강이 의식되기 시작했다. 나는 우울증을 박살 내는 중이고, 오늘 죽을 거다 내일 죽을 거다 하던 시기는 이제 거의 막을 내린 것이다. 일단 눈에 들어오는 건 친구들이 챙겨 먹는 건강식품들과 영양제였다. 가만 보니 나만 빼고 다들 이미 뭔가 먹고 있었다. 종류도 다양했다.

즙류 중에 가장 인기가 있는 건 양배추즙이었다. 많은 병의 원인이 스트레스고, 그렇다 보니 여러 장기 중 위장이 제일 고생 중인 것 같았다. 이너뷰티를 외치며 석류즙을 먹는 경우도 있었다. 여성호르몬이 많아 가슴이 커지고 피부가 좋아진다

나? 또 몸이 자주 붓는 한 친구는 호박즙을 달고 살면서 요즘 날씬해졌단 소릴 많이 듣는다고 했다. 그냥 엄마가 자꾸 보내니 먹는다는 친구들도 많았다. 뜯지도 않은 채 냉장고에 쌓여 있는 걸 보여주며 "야, 너 가져갈래?" 하는 경우도 있었다. 그중엔 장어도 있었고 홍삼액도 있었다. 배즙이나 포도즙 정도라면 가져왔을 수도 있을 것 같은데. 본능적인 "읔~" 소리가 완곡한 거절의 말보다 먼저 나왔다. 알약으로 된 건강식품과 영양제의 세계는 즙보다 훨씬 더 다양했다. 페루의 산삼이라는 마카, 암 극복에도 쓰인다는 노니, 눈 건강에 좋다는 아사이베리, 햇빛을 많이 못 보는 사람들은 따로 챙겨 먹어야 한다는 비타민 D3, 생리 주기가 불안정할 때 좋다는 블랙커런트 오일 등등.

비타민제나 칼슘제 등을 선물로 자주 받았는데 그때마다 나는 '내 상태가 퍽 안 좋아 보이나 보다' 했었다. 그런데 가만 보니 나 빼고 다들 먹으며 살고 있어서 '너도 좀 먹어라' 하는 마음으로 준 게 더 사실에 가까운 것 같았다. 나만 안 먹고 살았어!? 깨달은 나는 폭주하기 시작했다(다들 이런 때가 있다고 믿는다). '남들 다 하는 거 안 하고 있었구나'에다가 내가 이제는 정말 건강하게 오래 살고 싶어 한다는 사실도 깨달았다. 바다 건너 직구까지 해서 십수 가지 약들을 샀다.

어떤 것은 하루에 두 번, 어떤 것은 하루 세 번, 어떤 것은

공복에, 어떤 것은 밥을 먹고 나서 먹어야 했다. 실리마린도, 마카도, 칼슘제도, 종합비타민제도, 루테인도 그 외 등등도 열심히 먹었다. 그래서 어떻게 되었냐면.

위장이 아팠다. 불닭볶음면 두 개 끓여 먹은 다음 날처럼 따가웠다. 며칠 내내, 영양제 먹는 일을 중단했는데도 아팠다. 와중에 종합검진 받은 결과가 우편으로 도착했다.

체질량 정상, 허리둘레 정상, 청력 정상, 혈압 정상, 혈색소 정상, 혈당 정상, 신장 정상, 간장 정상, 충치 없음, 치료 필요한 치아 없음…… 정상 정상 정상…… 놀라우리만큼 모든 것이 정상이었다. 검사받을 땐 정상이었는데 지금 위장내시경을 받으면 위염이 생겼을 것 같다. 저 약들을 다 어떡하지. 몇 개만 빼고 당근마켓이나 번개장터에 접속해 처치해야 할 시간이 온 것 같다.

운동 전쟁

나는 근육이 부족하다. 체육학을 전공한 동생을 포함해서, 이러저러한 준전문가들이 내 살을 만져보고선 말했다.

"물렁물렁한 거 봐. 물풍선인 줄."

사는 데 지장 없으면 되지 뭐. 근육이 왜 더 필요해? 그렇게 생각하며 살고 있었다. 가벼운 산책은 좋아하지만 땀이 흐르도록 운동하고 난 다음 날 근육이 욱신욱신 아픈 것은 싫었다. 그러다 계기가 있었다. 내 텀블러 뚜껑이 툭하면 말을 듣지 않는 것이다. 열어야 커피를 마시는데, 열어야 물을 마시는데. 열어야 환경보호를 할 수 있는데. 뚜껑이 열리지 않으면 별수 없이 일회용 컵을 써야 했다. 그러다 애인 만나는 날을 기다려서 "이것 좀 열어주라" 하며 내밀었다. 묘하게 기분 상하는 일이었다. 애인이 나보다 더 힘이 세다는 사실도 사실이지만, 부탁할 때마다 오토로 따라오는 내 애교가 싫었다. 짧아지는 혀와 애 같은 몸짓. 왜 이럴까. 나는 어디서 이런 걸 습득하기 시작했을까.

저놈의 텀블러는 왜 애인 손에만 가면 휙휙 열리는 걸까. 게다가 쉽게 건강해지려는 알량한 마음으로 사들인 영양제와 건강식품 챙겨 먹기도 장렬히 실패했다.

축구에 취미를 붙여 책《우아하고 호쾌한 여자 축구》까지 쓰게 된 김혼비 작가님, 운동 삼아 시작한 수영으로 온갖 상을 휩쓸고 계신 황신혜 작가님. 그분들만큼은 아니어도 나도 운동을 하고 싶다는 생각이 들었다. 몸의 어느 한 곳만이라도 근육이 붙어 울퉁불퉁했으면 좋겠다. 물리적인 힘이 세졌으면 좋겠다. 텀블러 뚜껑이 애인 손으로 열린다면 내 손으로도 열렸으면 좋겠다. 이왕이면 팔이 강해졌으면 했다. 제일 약한 곳이기도 하고, 근육이 생기면 제일 잘 드러날 곳이기도 하니까. 아. 그리고 중요한 것! 팔굽혀펴기! 팔굽혀펴기를 할 줄 아는 여자가 되고 싶었다.

휘트니스 센터를 떠올려봤다. 운동을 어떻게 해야 근육이 생기는지 잘 모르지만 이런저런 기구들이 일단 있어야 할 것 같았다. 휘트니스센터라…… 내가 가지고 있는 휘트니스센터 이미지는 공포물이었다. 티브이에서 본 트레이너 선생님들의 대사가 늘 이런 식이었기 때문이다.

"야식으로 치킨을 먹었다고~ 세 조각이라~ 그랬단 말이지~~~"

"오늘도 어디 한번 위아래 위위 아래로 잘근잘근 조져볼까
~~"

"이상하네~ 숨기는 게 있는 것 같은데~~ 뭐 먹었어요?"

"살을 빼야지~~ 왜 근육을 빼죠?"

"울면 근손실~ 울지마~."

무시무시한 말들을 내뱉으면서 하얀 이를 열두 개씩 드러
내 미소 짓는 꿈에 나올까 두려운 퍼스널트레이너들이 떠올랐
다. 그렇지만 근육에는 운동기구…… 운동기구는 휘트니스클럽
에 가야 있고…… 기구 없이 하는 운동도 물론 있겠지…… 그런
데 그런 건 어떻게 하는 걸까…….

결국 답이 나오지 않아 큰맘 먹고 상담을 받으러 갔다. 가
방 안에 만 원짜리 여덟 장도 챙겨 갔다. 돈을 내면 돈이 아까
워서라도 하겠지! 한 달 치만 끊어서 내 의지를 시험해보자!

그런데 문제가 생겼다.

건강해지고 싶고, 근육을 만들고 싶어서 한 달 정도 운동을
해볼까 한다고 트레이너분께 말했더니 트레이너분이 내 몸을
위아래로 훑어보았다. 그리고 '이런 비루한 몸을 가진 자가 무
엄하게 한 달권을 끊겠다고?' 하는 눈동자로 나를 바라보며 입
을 열기 시작했다.

친절한데 맨스플레인이고, 맨스플레인이긴 한데 내가 모르는 사실이 좀 섞여 있긴 했다.

"지금 상태로 운동하시면 다쳐요. 살집이 좀 있으신 분이면 다를 수도 있겠는데 이렇게 바짝 마르신 상태에서는 일단 요가나 필라테스 같은 것들로 기초적인 체력을 만드셔야 합니다. 우리 센터에는 일주일 동안 프로그램이 계속 있어요. 댄스, 요가, 필라테스 다 있으니까 1년 회원권을 끊으셔서 월 수 금 수업 중 뭐든 듣고 싶은 거 들으면서 운동하는 법을 천천히 배우시는 쪽으로 하세요. 건강해지고 근육을 만들고 싶은데 겨우 한 달 운동하겠다는 건 말이 안 되죠. 그건 건강해지고 싶지 않다는 소리와 다르지 않아요. 근육이 한 달 만에 생길 것도 아니고요."

수치사(死)할 것 같은 기분이 되었다. 내적 승리 논리를 세우기 시작했다. 한 달을 끊으나 일 년을 끊으나 일주일만 다닐지도 모르는 나에게 회원권을 팔려는 수작이다! 이곳은 이런 식으로 사람들을 마구 모집한 후 어느 날 밤 수백 장의 회원권들을 내팽개치고 갑자기 사라질 것이다!

못난 자격지심에 절은 채, 고맙다는 인사를 어영부영 남기고 도망치듯 나왔다.

오늘은 홈트를 시작한 지 5일 차다. 휘트니스센터에서 집으로 돌아온 나는 인터넷으로 이만 원짜리 요가 매트를 주문했다. 시대가 변했고 우리에겐 유튜브라는 신문물이 있다는 걸 까맣게 잊고 있었지 뭔가. 팔이 가장 울퉁불퉁한 언니의 채널에 구독 버튼을 누르고 운동하는 법을 하나하나 배우고 있다.

팔근육은 벌써 생기기 시작했다. 문제는 이 근육을 친구들이 아무도 인정해주지 않는다는 것인데. 기껏 만짐을 허해주었더니 왜 나한테는 만져지는 게 친구들에게는 만져지지 않는 거지? 5일 더 하면 친구들도 인정해줄까?

일단 몸집을 만들어서 한 달권을 끊고 말 것이다. 나는 일 년 치 등록할 돈이 없다고! 당하지 않을 테다!

탈코르셋
—이재용 부회장이 한다고 생각했을 때 이상하면 나도 안 해요

나는 이마가 넓다. SES의 유진처럼 예쁘고 동그랗게 넓은 것이 아니라 M자형 탈모가 의심될 법한 모양으로 넓다. 이마에다 벼농사도 지을 수 있을 것 같다.

한국 여성이 많이들 그렇듯 나도 외모 콤플렉스가 많다. 앞니 두 개가 커서 돌출되어 있고, 턱 밑에 턱이 하나 더 있다. 쌍꺼풀도 양쪽이 대칭이면 좋을 텐데 한쪽에만 있다. 눈썹은 숱이 적어서 거의 모나리자에 가깝다. 입술은 윗산이 동그랗지 않고 각져 있다. 피부색은 어두운 데다 붉은 기까지 있다. 눈 밑에는 다크써클이 진하다.

살이 좀 찌면 양 볼이 호빵처럼 부풀면서 팔자 주름이 깊게 패고, 살이 좀 빠지면 턱선이 샤프해지는 게 아니라 볼이 패고 광대가 튀어나온다.

얼굴만 이만큼이다. 전신을 다 훑자면 끝이 없을 것이다. 콤

플렉스는 둘째 발가락에도 있을 수가 있다. 나는 둘째 발가락이 손가락처럼 길다. 오픈토 샌들을 신으면 엄지와 검지만 툭 튀어나온다. 바닥을 구두 밑창보다 두 발가락이 먼저 디딘다. 앞코가 동그란 구두도 난처하다. 긴 둘째 발가락을 충분히 수용하지 못해서 아무리 예뻐도 사지 못한다. 나는 바닥에 있는 수건을 집어 들 때 손을 이용하지 않는다. 발가락으로 충분하기 때문이다.

여기까지 쓰면서 깔깔 웃었다. 적은 것 중에 이렇지 않고 어땠으면 좋을 텐데 하고 아쉬운 건 사실 없다. 위의 내 외모 묘사는 이 책의 깔깔 포인트 중 하나이다. 읽는 사람들도 나처럼 웃어야 할 텐데, 그런 걱정만 조금 든다.

어릴 적부터 치아 교정하라는 소리를 귀에 못이 박이도록 들었다. 쌍꺼풀 수술 하라는 사람도 많았다. 헤어라인을 동그랗게 다듬어보는 게 어떻겠냐는 말도 들어봤고, 눈썹과 아이라인, 입술에 반영구 화장을 해보라는 말도 들어봤다.

아니 왜? 나는 내 얼굴 좋은데.

나는 메이크업 제품들을 좋아했다. 여성들 사이에서 탈코르셋 플로우가 급물살을 탄 요즘, 한 명의 페미니스트로서 부끄러울 만큼 많은 립스틱을 가지고 있다. 또 그에 맞먹는 아이섀도를 가지고 있다. 게다가 파운데이션도 로드숍 제품부터 백화점 1층에서 파는 명품 브랜드까지 한 열 가지쯤 가지고 있는 것 같다.

내 얼굴은 하나인데 대체 다 어디에 바르려고 이렇게 사들인 걸까?

나는 내 얼굴이 가진 개성을 좋아하지만, 한편으로는 메이크업으로 보완 가능한 부분들이 있다는 사실을 즐겼었다. 콧등에 한 단계 밝은 파운데이션을 발라 코가 높아 보이게 만들기, 양 볼 아래에 한 단계 어두운 파운데이션을 발라 얼굴을 작아 보이게 만들기가 재미있었다. "오늘 누구든 걸리기만 해봐 아주"라는 말 대신 스모키 화장과 검붉은 입술, 샛노란 염색 머리로 표현할 때도 있었고, "왠지 사랑받고 싶은 날이네"라는 말 대신 살구색 블러셔로 드러낸 적도 있다.

탈코르셋 운동이라는 거대한 파도 앞에서 한동안 내 마음은 수상스키 초보자 레벨을 벗어나지 못했다. 메이크업이 나에게 선사하는 기분을 좀처럼 포기할 수 없었기 때문이다. "인간에게는 표현의 자유가 있는데 왜!?" 정도의 생각에서 한 발짝 더 나아가는 게 결코 쉽지 않았다.

나에게 치아 교정 이야기를 가장 많이 꺼낸 사람은 다름 아닌 엄마였다. 쌍꺼풀 수술을 추천하는 이들은 가까운 친척부터 처음 보는 사람까지 다양하게 꾸준히 있었다. 내 턱 밑에 턱이 하나 더 있다는 사실은 대학 시절 복학생 선배의 지속적인 놀림이 아니었다면 아마 영원히 몰랐을 것이다. 내 발가락이 남들보다 길다는 건 어느 날 할머니가 한쪽 발을 덥석 잡더니 "야 봐라. 발꾸락이 왜 이래 기노?" 하시며 깔깔 넘어가시기에 알게 되었다.

이런 것들로 주눅 들었던 날은 다행히 손에 꼽는다. 그들의 생각이 내 생각까지 바꾸지는 못했기 때문이다. 거울 속의 나를 나는 나름 사랑할 수 있었다. 공격이라고 느껴지는 충고가 가해질 때마다 나는 깔깔 웃으며 말했다.

"아이고~ 지금 얼굴로도 사는 거 충분히 피곤한데요~ 인기가 너무 많아!!!"

탈코르셋 플로우가 내게 준 가장 확실한 선물은 '내 외향에 대한 주도권을 이제는 온전히 내가 쥐고 싶다는 생각'이다. 누군가에게 어떤 특정적 모습의 트로피로 바쳐지기 위해서나, 트로피의 후보군으로서 경쟁력을 갖추기 위해 외향을 치장하는 일이 이제는 스스로 좀 역하게 느껴진다. 남의 마음에 들려고 내 외모를 내 취향 아닌 모습으로 바꾸는 일은 퍽 자존심이 상하는 일이다.

정체성을 결정짓는 정보 중 하나로서의 외향을 나는 이제는 가지고자 한다. 그렇다. 성공한 남성들은 이미 늘 해왔던 것이다.

내가 아는 어느 50대 남성 사업가가 있다. 그는 단정한 사람이다. 매일 아침 턱수염을 깎으며 코털이 삐져나오지 않았는지도 꼼꼼히 확인한다. 밤늦게 미팅이 있을 때를 대비해 휴대용 면도기도 가지고 다녔다. 젊었을 적에는 시원한 느낌의 스킨만 하나 발랐지만 언젠가부터는 촉촉한 올인원 크림을 사용했다. 환절기가 오면 립밤을 써서 입술이 트는 것을 방지하기도 한다. 향수는 선물로 받은 게 두어 가지 있지만 왠지 자주 손이 가진 않는다.

그는 절대 새치 염색을 하지 않았다. 오히려 늘어나는 새치를 환영했고, 얼마 지나지 않아 원하던 백발이 되었다. 그가 사는 지역의 업계는 '본인보다 어린 사람'을 자주 함부로 깔보려 들었고, 나이가 들어 보이면 '노련할 것'이라 판단해 더 쉽게 일을 맡겼다. 그는 자신의 고향이 어디인지 정치 성향이 어떤지 사람들에게 자주 드러내 사나이 의리를 다지는 데 이용했으나 본인이 무슨 띠인지, 몇 학번인지는 굳이 상대에게 알리지 않았다.

그는 이성에게 잘 보이려는 생각으로 옷을 고르지 않는다. 사업가로서 더 잘되리라는 목표를 가지고 프로페셔널해 보이고, 신뢰감을 줄 수 있는 외형으로 본인을 가꾸었다.

함께 독서회를 하는 친구가 자신의 탈코르셋 기준에 대해 인상 깊은 말을 남겼다.

"삼성 이재용이 한다고 생각했을 때 이상하면 나도 안 해요."

깔끔하고 단정한 모습 이상의 외향을 갖추고 싶은 특별한 자리가 있을 때 예전과는 좀 다른 느낌으로 신경을 쓰고 있다. 이를테면 검은 뿔테 안경을 쓴다거나, 이마가 훤히 드러나게 머리를 뒤로 넘기는 걸 즐긴다. 옷은 품이 큰 게 선이 멋져 좋아졌다.

친구가 이런 모습의 나를 찍어서 현상해준 적이 있었다. 그때 이렇게 말했다.

"와. 언니, 글 되게 잘 쓰게 생겼다."

위에서 말한 50대 사업가처럼 나도 내 외향이 내 능력치에 플러스가 되는 모습이면 좋겠다. 신뢰감을 더해주는 모습, 강단 있는 모습, 그런 모습이면 좋겠다. 타고난 나를 부정하지 않는다는 것을 스타일로 표현하는 것이 즐겁다. 타인들이 알든 모르든 그렇다. 내가 안다는 것이 중요하다. 타고난 대로의 외향에 살아온 삶이 더해져 나의 멋이 만들어졌으면 좋겠다.

그러려면 부끄러움 없이 살아야 할 것이다.

요즘 내가 추구하는 탈코르셋의 방향은 이러하다. 대부분의 립스틱과 아이섀도를 버렸지만, 멋과 분위기를 내는 것까지 모두 다 부정하진 않는다. 만 명의 탈코르셋 운동가가 있다면 아마 탈코르셋의 방식도 만 가지가 될 것이다.

사랑이 그렇게까지 대단한 것인지
진지하게 생각해볼 때가 되었다

고등학교 때였다. 첫사랑이라 할 만한 사랑에 빠졌다. 나와 그 사이에는 대단한 스토리가 있었다. "알고 보니 내 친동생" 같은 K드라마적 막장까진 아니었어도, 스토리 안에는 집안과 집안이 얽혀 있었고, 세상이 반대할 만한 요소도 있었고, 게다가 짝사랑이었고, 게다가 그의 애인은 세상에 둘도 없는 미녀였다.

애초에 짝사랑인데 세상의 반대가 다 뭐며 집안이 얽혀 있는 게 무슨 대수인가. 게다가 그는 인기가 많았기 때문에 나 같은 애들은 주변에 수도 없이 널려 있었다.

세상이 반대할 기회도 없었건만 마음은 이미 줄리엣이었다. 그래서 세상의 반대를 어깨에 짊어진 채 사춘기 시절을 보냈다. 담임선생님은 수업 시간에 칠판 대신 창밖의 낙엽을 보며 뚝뚝 눈물 흘리는 나를 보며 당시 유행어를 만드셨다.

"탁수정~ 니 무슨 고민 있나?"

고민은 끊임없이 되새김질되었다. 하나 안 하나 해결되지 않을 고민이었지만 슬픔의 질감을 즐기던 질풍노도의 시기였기 때문에 그 고민은 실은 결코 해결되어서는 안 되는 것이었다.

대학교 2학년 때였던 것 같다. 이승기를 닮은 헌칠한 사람과 사랑에 빠졌다. 아이돌 연습생이었는데 어찌어찌 일이 꼬여 아르바이트를 전전하고 있었다. 목소리가 꿀이었고, 언제나 웃고 있는 미소머신이었다. 게다가 나는 지방 출신이지 않았겠는가. 아이돌 연습생이라니! 그는 어렵지 않게 나를 사로잡았고 우리는 불타는 사랑을 했다.

그런데 지금 와서 생각해보면 그가 정말 아이돌 연습생이었을까? 알게 뭐람. 기억에 가장 또렷이 남은 건 그의 왼쪽 팔뚝에 있는 '하다 만' 문신인 것을.

뿐만이랴. 거식증 걸린 것이 안쓰러워 챙겨주다 사랑에 빠지질 않나, 제일 친한 친구에게 애인을 빼앗기질 않나, 우리 이제 사귀는 건가 고민하고 있는데 갑자기 자기가 폴리아모리인데 괜찮겠냐고 물어오질 않나.

여하간 장르도 다양했다. 공포 스릴러 빼고 다 있었던 것 아닌가 싶다. '사랑밖에 난 몰라' 스타일의 십 대와 이십 대를 우당탕탕 보내고, 지금에 안착했다. 그 안착이 사회적 안착이고 경제적 안착이면 좋으련만, 정서적 안착이다. 가장 시시한 안착인가 싶지만 가장 중요한 안착일 수도 있다. 감정에 물기가 적당히 빠지면서, 삶의 방식이 조금 더 명료해졌다. 같은 우울이라도 더 젊을 때의 우울과 지금의 우울은 좀 다르다. 예전의 우울이 물론 멋은 좀 있었지만, 그 멋 때문인지 고칠 생각이 좀체 들지 않았다면, 지금의 우울은 현실적이다. 과장된 우울, 달콤한 우울이 아닌 실재하는 우울이었고, 나는 얌전히 의사가 시키는 대로 약을 먹으며 치료받고 있다. 피부에도 수분 부족형 지성이 있는 것처럼 요즘의 우울은 찐득하지 않고 버석거린다. 노화 중 가장 반가운 노화가 바로 이 감정의 노화 아닌가 싶다.

나는 소위 말하는 드라마퀸이다. "말 안 해도 알아요" 하시는 분들에게는 "눈썰미가 있으시군요, 그렇지만 모르는 척해주세요"라고 하고 싶고, "니가?" 하시는 분들에게는 감사 인사를 드리고 싶다. 내가 가장 혐오하고, 스스로 짓누르고 숨기는 정체성이 바로 이것이기 때문이다.

음. 이제는 과거형으로 말해도 될까. 지금은 뇌 속에서 드라마퀸적 버튼이 눌리면 즉시 스프링클러가 작동하고 대차게 사이렌이 울린다. 그래서 지금은 '내적 드라마퀸'이다. 속은 생겨 먹은 것이 어쩔 수 없어 그대로인 면이 없지 않지만 더 이상 드라마퀸적 성향이 내 삶에 심각하게 영향을 끼치게 내버려두지 않는다는 것이다.

드라마퀸이 가장 취약해질 때는 스토리가 만들어질 만한 건수를 발견했을 때이다. 그냥저냥 한 나와 그냥저냥 한 누군가의 만남으로는 버튼이 충분히 눌리지 않는다. 알고 보니 어떤 시련에 놓여 있거나, 세상의 반대가 예상되거나, 평강공주 콤플렉스를 자극하거나, 신데렐라콤플렉스를 자극하거나, 함께해야 하는 대의가 있거나…… 등등의 조건에 부합하는 뭔가가 눈에 띄면 바로 그때 드라마퀸 버튼은 눌린다.

버튼이 눌린 때부터 실제 마음까지 이어지는 것은 자동일까 수동일까. 온전한 내 의지일까, 한평생 세뇌되어온 그 무엇이 견인하는 것일까.

내가 드라마퀸 새싹 초등학생이었을 때, 친척 오빠가 갑작스레 결혼을 한다고 했다. 자격증을 따 좋은 직장을 갖게 된 지 얼마 안 된 때였는데, 선을 몇 번 보더니 선생님인 언니와 만난 지 석 달 만에 결혼한다는 것이었다. 나는 오빠에게 물었다.

"어떻게 석 달 만에 결혼 상대를 알아볼 수가 있었어?"

오빠는 씩 웃으며 말했다.

"크면 다 알게 돼."

질풍노도의 시기를 지나온 나는 이제 사랑에 대해 냉정하게(에헴!) 말할 수 있다. 인간이 우울과 불안으로 말라 죽어가지 않기 위해 필요한 것은 로맨스가 아니라 울타리였다. 놀랍게도 아이돌 이모 팬들의 단톡방은 연애를 대체할 수 있다.

불타오르는 사랑은 한두 해면 끝난다는 것을 세계 수많은 박사님의 연구가 뒷받침해주고 있다. 그 한두 해의 뒤는, 다들 알다시피 공동 명의 부동산이나, 대출 빚이나, 이미 태어나버린 자녀들이 맡고 있다. 또는 서로 간의 의리나 우정이나 파트너십이나 대내외적 이미지 관리나 포기하기 아까운 결혼 제도의 여러 이점 등이 맡고 있다.

결혼이 아니더라도 서로 지지하는 관계의 안정적 소속이 있다는 사실은 사람을 편히 숨 쉬게 한다. 꿈같은 이야기이지만 직장조차도 해고될 위험이나 여타 폭력적 위협이 없다면 결혼만큼 안정감을 주는 소속처가 될 수 있을 것이다. 성인이 된 가족원을 다른 가족들이 밀어내지 않고 지속해서 서로 돌본다면 그 또한 안정감을 줄 수 있을 것이다. 어떤 사람들은 종교를 통해 소속감·유대감을 충족시키며 살아가기도 한다.

어떤 확실해 보이는 약속 안에서 인간은 안심한다. 그리고 인간은 인간의 약속이 불완전함을 알기에 사회 제도에 기댈 수 있기를 원한다. 문제는 한국 사회에 마련된 제도가 한 가지라는 것이다. 사랑. 사랑 중에서도 이성 간의 사랑. 불안 없는 삶을 향한 사회적 티켓이 사랑이라는 감정을 토대로 하는 이들에게만 발권된다는 것은, 그것도 이성애자들에게만 발권된다는 것은 뭔가 잘못되었다.

우리는 살면서 너무나 많은 로맨스 콘텐츠에 반강제적으로 노출된다. 실은 사랑이 별것 아니라고, 임금님 귀는 당나귀 귀라고 외쳐버리면, 국립도서관이 무너지고 음반 저작권협회가 무너지고 한국영상자료원이 무너지고 가정이 무너지고 사회가 무너지고 지구가 무너질 것만 같다.

로맨스의 지분이 이렇게까지 클 일인가.

나는 로맨스 청정 구역을 꿈꾼다. 로맨스가 각자의 삶에서 어떤 흥미로운 에피소드 정도로 여겨지기를 바란다. 가족을 선택하고 등록할 수 있는 제도가 다양하게 연구되고 시도되기를 바란다. 안정감을 약속할 수 있는 제도가 사랑이라는 불안정한 하나의 감정을 바탕으로, 결혼이라는 단 한 가지 제도로만 마련되어 있다는 사실이 아무래도 이상하다.

드라마퀸으로 성장해버린 것이 뒤늦게 억울하다. 구태의연한 책들을 덜 읽었어야 했다. 한번 먹은 알약을 간신히 안 먹은 척할 수는 있지만 다 토해지진 않는다. 물론 드라마퀸으로 살아본 이 경험이 값진 것일 수도 있다. 다만, 사랑보다 더 넓고 깊은 감정, 또는 생존에 더 실리적인 지혜를 발견하고, 긴 여정을 함께할 연대자들을 찾아 제도의 인정을 받아내고 싶다.

　　나에게도 기회가 있을까. 사랑이 아니어도 양질의 생활공동체 안에서 연대하며 살아갈 방법이 어디 없을까? 꾸준히 탐구해볼 것이다. 나의 멋진 친구들과 힘을 합쳐서.

그거 내가 하려고 했는데!!!

사십 대의 두 여성이 함께 살며 쓴 책《여자 둘이 살고 있습니다》가 온 동네에 화제 만발이다. 읽지 않고 쌓아둔 책이 너무 많아서 당분간만이라도 '신간을 사지 않으리라', '쌓인 책들부터 읽어 치우리라' 마음먹었지만 팟캐스트 〈영혼의 노숙자〉에 출연한 두 저자와 진행자 셀럽 맷의 수다 삼매경에 푹 빠져들었을 때, 나는 이미 온라인서점 앱에 접속해서 구매하기 버튼을 누르고 있었다. 어떤 소재든 두 저자는 유쾌하고 매끄럽게 이야기를 이어나갔다. 이미 글로 그 주제에 대한 생각을 정리해본 적 있는 사람들의 어휘와 짜임이었다.

도착한 책은 팟캐스트의 수다보다 더욱 흥미진진했다. 내가 평소에 어설프게 해왔던 생각들이 이미 발효될 대로 발효된 상태로 쓰여 있었다. 대한민국에서 여성으로 나보다 더 오래 살며 더 많은 경험을 했고, 또 나보다 더 치열하게 사회생활을 하며 돈을 벌었고, 또 나보다 더 많은 글을 써온 여성들인데, 그런 여성이 하나도 아니고 둘이 함께 쓴 책이었다. 나의 고민

\\\

지점들을 이미 다 겪고 지나와서 뭔가를 이뤄낸 인생 고수, 글쓰기 고수인 두 여성의 작품이었다.

세련된 투박함을 가진 일러스트들도 책에 안성맞춤이었고, 제목도 찰지게 입에 달라붙었다. 어디 제목뿐인가. 부제는 '혼자도 결혼도 아닌, 조립식 가족의 탄생'이었는데, 너무 인문/사회 서적 같은 딱딱한 느낌을 줄까 봐 작게 타이핑된 것 같았다. 그럼에도 사회적으로 꼭 필요한 어젠다를 콕 집어내어 더 넓은 소비자층을 품는 효과가 있을 것 같았다.

어디 그뿐인가. 그들은 나에게는 하나뿐인 고양이도 넷(!!!)이나 있었다.

"어디 그뿐인가"라는 표현을 백번 써가며 장점을 말할 수 있을 것 같은 책. 나는 정말 그 책에 푹 빠져버렸다. 동시에 자괴감에도 푹 빠져버렸다.

나는 인생 고민을 겨우 깨작깨작 쓰며 원고 마감일도 못 맞추고 있는데, 이분들은 내 고만고만한 고민의 정답인 것만 같은 글들을 촤라라락 펼쳐놓고서 생기 있는 표정으로 "이런 인생 어때요? 재밌겠죠?" 하고 말을 걸고 있었다.

어떡하지. 이미 이런 책이 나와서 불티나게 팔리고 있는데

나 따위의 삶을 써서 뭐하지. 내 글을 어디다 쓰지. 내 책을 누가 살까. 누가 재미있어할까. 아무도 없다면? 나는 지금 뭐 하는 거지.

회사를 관두게 되고, '어떤 사회'와의 지난한 싸움도 끝났을 때, 뭘 먹고 살아야 할지 도무지 알 수 없었을 때 앞으로는 회사 생활보다는 글을 쓰며 살아보려 한다고 여기저기 말하고 다녔었다. 그런데 사실, 나조차도 그 말을 믿을 수가 없었다. 글을 써서 돈을 벌겠다고? 내가?

그때 그간 쓴 자투리 원고 몇 편을 함께 일했던 편집자 언니에게 봐달라고 했다. 냉정하게 말해달라는 말도 덧붙여서. 멋진 책 앞에서 자괴감에 빠져 있자니, 그때 들은 언니의 여러 말 중, 가장 마음에 박혔던 말이 불현듯 떠올랐다.

"글도 생활하면서 써야 해. 회사에 다니든 아르바이트를 하든 뭐든 해야 쓸 게 생겨."

그때 어서 정신 차려서 다시 처음부터라는 생각으로 바짝 긴장해서 살았으면 좋았을 것이었다. 돈도 차곡차곡 벌고 구체적인 미래도 생각하면서. 그게 그때 나의 정답이었을 것인데.

그런데 결론적으로 나는 하지 못했다. 일단 오늘 하루 살아

\\\

있자는 생각으로 매일을 살았다. 지금껏 살아 있는 것에만 겨우 성공했다.

적응장애라는 내 진단명을, 다시는 회사 생활을 할 수 없을 것 같다는, 상상만으로도 숨이 막힌다는 말을 내가 언니에게 했었는지는 분명하지 않다. 말했더라도, 아마 엄살처럼 느껴졌을 지도 모른다. 나도 나의 정신적인 문제들이 엄살 같다는 의심을 지금도 매일 밤 매일 낮 하며 괴로운데, 타인은 오죽할까.

오전에만 일어나도 뿌듯한 삶, 하루에 두 끼만 잘 챙겨 먹어도 장하단 소릴 듣는 삶, 내 몸이 이 약들을 각 상황과 각 장기에 맞게 잘 구별해서 작용시킬 수 있을까 싶을 만큼의 알약들을 한꺼번에 삼키는 삶.

이런 빵점짜리 같은 삶에서 어떻게 의미를 치환해낼 수 있을까. 내가 할 수 있을까.

그냥 가는 시간은 없다

멋진 사촌 동생이 있다. 다양한 방향으로 멋진 친척들이 많은데 그중 공부에 특출한 녀석이다. 하버드 대학교에 교환학생을 갔다가 잠시 한국으로 돌아왔을 때였던가. 서울에서 만났다. 그때 녀석이 고민이랍시고 이런 말을 했다.

"누나, 내가 거기서 대체 뭘 하고 있는지 모르겠어. 연구도 치열하지 않은 것 같고. 더 중요한 뭔가를 하면서 알차게 지내야 할 것 같은데 시간이 너무 아까워."

명문대에서 열심히 공부해서 단 한 명의 하버드 교환학생으로 뽑힌 아이가 한국에서 이상한 출판사(나는 은근히 다양한 출판사에서 일했다)에 다니며 이렇게 살아도 되나 고민하는 내게 그런 말을 했다.

'인마, 너는 거기서 숨만 쉬어도 뭔가 하는 거야. 인앤아웃 가서 햄버거만 주문해 먹어도 한국에선 못 하는 경험이라고.

운전만 해도 국제운전(?)이야. 아무랑 말만 섞어. 그게 다 외국인 친구라고. 나는 꿈에 나무 신령이 나와서 너 이상한 책 그만 만들라고 나무 죽이지 말라고 말하는 악몽에 시달리는데 내 앞에서 무슨 배부른 소리니. 아이홉 팬케이크는 자주 먹니? 그게 또 죽여주잖아. 안 먹어봤으면 꼭 먹어보렴.'

이런 말들이 목 끝까지 올라왔다. 격렬하게 열심히 사는 아이와 나의 갭은 엄청난 것이었다. 그러나 나는 누나였다. 이렇게 말해주었다.

"그냥 가는 시간 같은 건 없어. 스티브 잡스 스탠퍼드 졸업 연설문 알지? 재미로 도강했던 서체학 강의가 후에 맥의 글씨체를 만드는 바탕이 되잖아. 네가 지금 그곳에서 같이 밥 먹는 중국인 친구가 어느 날 갑자기 한국에 들어와서 함께 연구하는 주요 연구원이 될 수도 있고, 이상하게 루즈한 지금 하버드의 그 연구들이 언젠가 한국에서 너밖에 실제로 본 적이 없는 아주 중요한 연구가 될 수도 있는 거지. 언제 무엇이 갑자기 중요한 경험으로 회상되어서 네 인생에 기회를 줄지 몰라."

그날 나는 녀석에게 밥도 먹였겠다, 커피도 먹였겠다, 얼추 인생 선배 같은 말도 해줬겠다, 약간의 궁금증을 가지고 싸이월드에 접속했다. 사촌 누나의 인생 상담 감동 후기라도 적혀 있을까 하는 마음으로.

녀석의 다이어리에는 아홉 글자가 적혀 있었다.

"그냥 가는 시간은 없다."

캬-

나는 누나로서, 그 아홉 글자 아래에 '참 잘했어요' 도장 스티커를 시크하게 붙여주었다.

갑자기 이런 사소한 기억이 피어오르는 것은? 그렇다. 나 자신에게 이 말을 해주어야 할 시기가 온 것이다.

3

잠깐만, 아직
죽지 말고 있어 봐

\\\

하고 싶은 일이 얼마나 많게요

아무것도 하지 않는 날이 많지만, 다행히도 꿈꾸는 일을 멈추지는 않았다.

언젠가는 막장 드라마 작가가 되고 싶다. '김치 싸대기'나 머리 위로 '시럽 흘리기'보다 더 충격적인 싸움 신을 상상해낼 자신이 있다. "내가 고자라니!"보다 더 오래 회자될 대사를 만들 자신도 있다. 언젠가는 영화 시나리오를 썼으면 좋겠다. 나문희가 보스였으면 좋겠고, 숨은 진짜 보스는 어딘가 아주 허술해서 아무도 의심하지 못하는 캐릭터로, 임수정이 맡았으면 좋겠다. 언젠가는 여자 아이돌의 가사를 쓰고 싶다. 첫 문장은 셧업(shut up)으로 하고 싶다. 멋진 유튜버의 특집 방송에 게스트로 출연하고 싶다. 비건 마라탕과 버섯 꿔바로우 세트 먹방이면 좋을 것 같다. 라디오 디제이가 되고 싶다. 붐과 최화정 사이 어디쯤의 분위기로 방송을 진행할 수 있을 것 같다. 라디오 작가도 잘할 수 있다. 숨은 멋진 사람들을 스튜디오에 모시고 싶다. 일주일에 하루 고민 상담 코너 고정 게스트도 해보고 싶다. 일주일에 6일은 느긋하게 보낼 심보다. 내가 읽을 책을 끊임없이 사들이고 내가 가진 책들을 처분하는 헌책방을 운영하고 싶다. 월세를 내지 않아도 되는 내 건물이 있어야 겨우 유지 되겠지만 상상에는 돈이 들지 않는다. 송은이 김숙의 〈비보티비〉에 입사하고 싶다. 일단 가진 방송 기술이 없어 포지션은 생각해보지 않았다. 필름을 직접 현상할 줄 아는 사람이 되고 싶다. 필름에 빛을 쪼인 적이 없는데 자꾸만 빛이 들어갔다고 하는 현상소 총각의 말을 믿을 수가 없다. 애매한 예능인이 되고 싶다. 마약 하지 않고, 도박하지 않고, 성매매하지 않을 자신 있다. 큰 집을 구해 멋진 여성들과 쉐어하며 지내보고 싶다. 남편 옆집에 사는 아내가 되고 싶다. 좋아하는 정치인의 선거운동을 해보고 싶다. 투표를 거치지 않고 비례대표 정치인이 되고 싶다. 생활동반자법을 통과시키고 싶다. 서울과 수도권 외 지역에서 특히 심각한 문제, 미온적인 성폭력 가해자 처벌에 경종을 울리고 싶다. 성폭력 피해자들을 지원하는 장학 재단을 만들고 싶다. 성폭력 예방 교육 단체를 만들고 싶다.

어떤 꿈은 터무니없고 어떤 꿈은 해볼 만하다. 어떤 꿈이 어디에 해당하는지는 다 살고 나면 알게 되겠지.

이 중 많은 것들이 가능하다고 (정말로) 믿는다. 사건 이전의 내가 어땠는지, 내가 가진 에너지를 잘 기억하고 있기 때문이다. 게다가 불행인지 다행인지 인간의 수명도 늘어났다. 요즘은 사오십 대의 성공을 대기만성이라고 하지 않는 것 같다. 칠

십 대 할아버지에게도, 팔십 대 할머니에게도 삶의 반전이 일어나는 걸 제법 흔하게 본다. 나는 어제도 밤새도록 박막례 할머니의 유튜브를 봤다.

친한 동네 친구가 있다. 스물여섯 살 대학생인데, 요즘 첫 직장을 구하느라 '좀 초조한 상태'라고 만날 때마다 얼굴에 쓰여 있다. 어느 주말, 집에서 함께 밥을 먹으며 먹고사니즘에 대한 긴 이야기를 나누었는데, 아르바이트하는 곳에 사람들을 힘들게 하는 자가 있다며, 과연 대단히 모욕적이었을 사건을 내게 털어놓았다.

그렇게 이야기가 시작되었다. 나는 내 첫 번째 직장과 두 번째, 세 번째, 네 번째 직장에 어떻게 입사했는지, 또 어떻게 그만두게 되었는지, 또 그 직장에서 어떤 특이한 일들이 있었는지를 말했다.

어느 회사에서는 실장이 아무도 없는 회의실로 나를 부르더니 "치마에 실밥이 나와서 말해주려고 불렀어요" 하며 실밥 풀린 자리도 알려줄 겸 겸사겸사(?) 내 무릎을 만졌다. 나는 즉시 팀장님께 가서 상황을 말씀드렸고, 팀장님은 회사 사람들이 다 듣도록 큰 소리로 실장 이름을 불러가며 "신입 사원한테 뭐 하는 짓이냐"고 망신을 줬다. 그때는 그렇게 쌓일 뻔한 화를 풀었다.

어느 회사는 내가 쓴 진술서를 본 한 변호사분이 자신이 고문으로 있는 출판사에 나를 추천해 입사하게 되었다. 입사 서류처럼 쓰이게 된 그 진술서는 어이없게도 가까운 친척의 이혼 소송용이었다. 드라마 〈사랑과 전쟁〉의 애청자로서 갈고닦은 상식들로 무장하여 혼신을 다해 쓴 진술서가 과연 명문으로 인정을 받은 것이다.

또 어느 회사에서는 사장님이 아무것도 모르는 신입인 나를 데리고 뉴욕으로 출장을 갔다. 다른 저자를 통해 들은 바에 의하면 후세가 없었던 사장님은 나에게 회사를 물려줄 생각이 있어 견문을 넓혀주려 했다고 한다. "이야. 너는 천재인 것 같은데"라는 말을 사장님이 왕왕 하긴 했다.

또 다른 회사에서는 한 예비 저자가 나더러 꿈속에서 본 다홍색 치마를 입은 여인이라면서 플러팅을 해댔다. 그 할아버지는 줄곧 나를 '베아트리체'(으!)라고 불렀다. 다행히 어릴 적 이민을 떠나신 분이라 얼마 지나지 않아 본인의 나라로 돌아가셨다. 반려된 원고는 후에 자비출판 되었다. 알라딘 중고서점에서 우연히 발견해 알게 되었다.

또 한 회사에서는 팀 회식 때 상사로부터 "그럴 거면 회사 나오지 마!"라는 소릴 듣고서 "네, 그러겠습니다!" 하고 벌떡 일어나 집에 갔다가 정말로 정식 발령이 안 났다. 서로 쌓인 게 많은 상태에서 둘 다 잔뜩 취해 일어난 일이었다.

다니다 만 회사들에 대해서 말하고자 하면 할 말이 몇 트럭은 쏟아질 것이다. 누구의 이야기를 들어보아도 나처럼 짧은 시간에 끊임없이 이상한 일이 벌어졌던 경우는 없었다.

이 뒤로 이으려 했던 문단은 "나의 네 번의 회사 생활은 모두 실패로 돌아갔다"라는 문장으로 시작했으며 약 1,400자에 다다랐는데, 편두통을 느끼며 모두 지웠다. 고통스럽더라도 잊어서는 안 될 일들이 물론 있지만 지울 수 있는 기억은 지우고, 뭉뚱그릴 수 있는 기억은 뭉뚱그리는 것도 때로는 삶의 의지다. 나빴던 기억들과 소회들은 더 건강해지고 나면 어디든 쓸지 말지 생각해보도록 하겠다.

자, 그럼 뭉뚱그려볼까.

그냥 나는 어딘가의 직원으로 사는 게 맞지 않는 것 같다.
(뭐야. 결국 계속해온 얘기잖아!)

회사원 말고도 직업은 다양하다는 사실 하나를 배우느라 이 긴 세월 무직 상태를 유지하고 있는 걸까. 실은 뭐, 세상에는 좋은 회사가 많다고 (놀랍게도) 아직 믿고 있다. 내게 나쁜 우연이 여러 번 겹친 거겠지.

자꾸 말하면 이루어진다고, 자꾸 생각하면 이루어진다고 수많은 자기계발서 저자들이 말했다. 행여나 사실일까 싶어 되고 싶은 것을 잔뜩 늘어놓는 꼭지를 마련했다.

누구나 기도문 같은 일기 두세 장쯤은 마음에 품고 살 것이다. 오늘은 동네 친구에게 선물할 두툼한 일기장을 한번 골라 볼 생각이다.

완전히 새롭게 알게 되는 것들

나폴이가 연남동의 집으로 돌아왔을 때는 내가 한창 향초의 매력에 빠져 지내던 때였다. 집에는 언제나처럼 유칼립투스 향초의 뚜껑이 열려 있었고 집에 막 들어온 나는 새삼 다시 감동했다. 아…… 이토록 매력적인 향기가 나는 나의 홈 스윗 홈…… 나폴이도 좋아해주기를 바라며 이동장을 열었다.

고양이가 다 그런지 모르겠지만 나폴이는 낯선 것을 싫어한다. 심지어 움직이지 않는 것도. 택배 박스를 집에 들여놓을 때마다 가능한 한 멀리 숨어서 택배 박스를 지켜보고, 저 택배 박스가 해롭지 않다는 확신이 들 때까지 그 거리를 유지하다가 한참 후에야 천천히 다가가서 킁킁 냄새를 맡는다.

나폴이는 역시나 새 향기에 반응했다. '좋지 나폴아. 너도 좋지 않니? 음~' 나폴이는 돌아온 집의 새 가구나, 새로운 부분 벽지나, 알게 모르게 요기조기 변한 자기 집을 한참 킁킁거리며 돌아다녔다. 그리고 뭔가 적당한 장소를 찾고 싶어 하는 것처럼 보였다. 고양이답게 혼자만의 시간이 절실한 것 같았다.

그런데 코가 이상했다. 유난히 킁킁거리며 쉴 자리를 찾더니 갑자기 멈춰 서서 숨을 몰아쉬며 토하려는 포즈를 취했다. 새빨갛게 변한 코는 계속 움직였다. 코는 고양이의 신호등과 같다. 빨갛게 변한다는 것은 이상 신호다. 그제야 문득 떠올랐다.

고양이는 향에 민감하다!! 그리고 어떤 식물은 고양이를 죽일 수도 있다!!

급히 향초 뚜껑을 닫고, 집에 있는 모든 창문과 건물 복도 창문까지 다 열고, 서큘레이터를 강풍으로 돌렸다. 그리고 인터넷 검색을 시작했는데 어딘가 이런 표현이 있었다.

"고양이의 간은 거의 흔적기관 수준이라 할 수 있을 만큼 해독력이 낮아요!"

'아…… 간…… 간은 해독을 하는 장기구나.'

고양이의 간이 해독력이 떨어진다는 당장의 중요한 내용보다 간이 해독을 하는 장기라는 것이 너무 새삼스러워 멍해졌다.

때마침 실리마린이라는 영양제를 먹고 있던 차였다. 실리마린은 2통 정도 먹으면 간을 위해서 좀 쉬었다 먹으라는 설명을 어디선가 보았다. 동생이 먹는 근육 만들기용 단백질 가루도 그렇다고 들었다.

간에 대해 생각하기 시작했다. 간이 뭐지? 상태가 좋지 않으면 금세 피로해진다는 기관, 술·담배를 많이 하고 육식까지 많이 하면 나빠진다는 기관, 웬만큼 상태가 나쁘지 않고서는 아픔을 인지할 수 없기 때문에 정기검진을 꼭 해야 한다는 기관. '간아 미안해!'를 소주 마실 때 건배사로 썼던 기억, 차두리 선수가 부르는 우루사 시엠송 '간 때문이야', 순대 먹을 때 꼭 많이 달라고 부탁하는 돼지의 내장 중 하나…….

학교 다닐 때 교과서에서는 뭐라고 했더라. 정규교육을 받으면서 분명 배웠다. 그러나 애석하게도 그때는 간 건강 같은 것에 관심 있을 일이 없었다. 모든 내장이 너무도 튼튼했기 때문에 영문 모르고 그저 외웠다. 그런 고로 지금은 전혀 기억나지 않는 것. 그래서 이리저리 뒤적여 보았다.

간. 가로막 아래 우상 복부에 위치한 장기로 탄수화물대사, 아미노산 및 단백질대사, 지방 대사, 담즙산 및 빌리루빈 대사, 비타민 및 무기질 대사, 호르몬 대사, 해독 작용 및 살균 작용 등의 주요 기능을 담당함.

간은 해독을 하는 곳이구나. 나폴이는 간이 작고 약한 동물이구나. 환기 후 나폴이는 다행히 괜찮아졌다. 이불을 한참 킁킁거리더니 이불 속으로 쏙 들어갔다.

'집사 놈의 무지가 나를 위험에 빠뜨렸어!'

화를 가라앉힐 혼자만의 시간이 필요한 모양이었다. 이후 집에 있는 모든 파라핀 초를 처분했고, 요즘은 향수도 집 안에서는 함부로 뿌리지 않는다.

초등학교 육학년 때 선생님께 부당하게 혼나고 센티해졌던 어느 오후가 떠오른다. 쉬는 시간에 창가에서 먼 하늘을 응시하며 생각했다.

'어디다 함부로 털어놓을 수 없는 비밀을 가진 존재는 이렇게 비통하구나. 나는 이미 이 세상의 이치를 다 알고 있는 육학년인데. 선생님은 내가 한낱 평범한 어린이인 줄 아신 게지. 어린이를 하찮게 여겨 깊이 생각하지 못하시는구나. 아아. 선생님. 저는 모든 것을 다 알고 있습니다. 그렇지만 이해하겠습니다. 어른의 삶이라는 것이 다 그렇고 그렇다는 것을 아는 어린이가 포용해야겠죠.'

나이를 먹는다는 건 모르는 걸 알아가는 과정이라더니, 과연 그런가 싶다.

　　※ 인터넷에서 실리마린을 몇 달 복용하면 한 달 쉬어주어야 한다는 말은 사실이 아니라는 글을 발견했다.*

　　※ *라고 쓰고 며칠 후 역시 인터넷에서, 쉬어주는 게 맞다는 더 똑똑해 보이는 글을 발견했다. 정보가 너무 많아서 정보가 없는 지경에 놓여 있는 저이니, 여러분은 전문가와 상의하시기를.

응~ 안 읽었고 무지개 반사!
─악플에 대처하는 파이터의 자세

성폭력 피해자 친구가 내게 물었다.

"언니는 그 악플들을 어떻게 다 견뎌요?"

걱정이 밀려왔다. 법정 싸움이 시작되었다는 것만으로도 이미 이런저런 병이 생긴 친구였는데, 악플 스트레스에 정신 건강마저 위협받기 시작한 것이다. 악플러들이 뭐라고 하는지 물어볼 필요는 없었다. 궁금하지 않았다. 악플의 세계는 넓지도 않고, 납작하기 마련이라.

내가 해줄 말은 이미 정해져 있었다. 이렇게 되뇌는 것이다.

"겨우 저런 존재들이 나의 가치를 깎아내릴 수 없다. 내 의지를 꺾을 수 없다."

어쩌다 보니 지인들로부터 괜찮냐는 연락을 자주 받는 삶을 살고 있다. 처음부터 악플이 괜찮지는 않았다. 괴롭힘이 너무 심했을 때는 폐쇄 병동에 입원하기도 했었으니까. 연예인들이 공황장애에 시달리는 것을 조금은 이해할 수 있다.

미치지 않기 위해 많은 생각을 해야 했다. 나 자신을 믿어야 했고, 믿기 위한 증거들을 찾아 헤매야 했다.

간단한 팁 하나는 나처럼 부당하게 욕먹는 이들이 어떤 사람들인지 떠올려보는 것이다. 강하기도 약하기도 하지만, 용감하게 맞서는 사람들이다. 또 내 곁에 어떤 사람들이 있는지도 떠올려본다. 나처럼 옳을 때도 틀릴 때도 있지만, 배우기를 멈추지 않는 사람들이다.

그리고 이어서 생각해본다. 가해자들과 악플러들 곁에는 어떤 사람들이 있을까. 아마 통쾌하게 웃을 수 있을 것이다.

페미니스트 작가 수전 그리핀은 이렇게 말했다.

"혼자라고 느끼는 상태에서는 억압을 알고 있어도 침묵하게 된다."

나는 악플이 달리든 말든 침묵하지 않을 수 있다. 혼자라고 느끼지 않는다. 수많은 연대자들이 손닿는 곳에 있다. 또한 억압받는 이가 망설이고 있을 때 함께하겠다고 말할 수 있다. 나

또한 침묵하지 않기로 한 이들의 연대자가 되어야 한다.

악플러들은 도대체 왜 그러는 걸까 이해하려 애썼던 때도 있다. 온갖 가정을 해보며 복잡하게 생각했다. 내가 이래 보였을까? 저래 보였을까? 그건 좀 잘못했나? 그럴 수도 있지 않나? 그럼 어떻게 해야 했을까? 그랬다면 악플을 받지 않았을까? 누군가는 해야 할 말 아니었나?

나의 고민에 친절하게 대답해준 것은 시간이었다. 흘러가는 대로 두고 본 결과 그들에게 대의는 없었다. 그냥 그런 인간이라서 그러는 것이었다. 그들은 잘 망했다. 누군가는 급히 망하고 누군가는 서서히 망했다. 자신이 쓰는 말과 마음씨의 못된 기운에 스스로 푹 빠져서 절여졌다.

비판에서는 때로 흡수할 것이 있지만, 악플에서는 배울 게 없다. 의외인 악플을 아직 읽어본 적이 없다. 에미 애비 타령이고, 성희롱이고, 2차 가해고, 거짓말이고, 배배 꼬인 마음이다. 흔한 욕이다. "악은 평범하다"는 해나 아렌트의 표현이 꼭 맞다.

그들은 멋있지 않다. 고개를 사선으로 들고 한쪽 눈썹을 치켜올리면서 "어이가 없네?" 같은 대사를 치는 그런 반질반질한 악은 영화에나 나온다. 얼룩 하나 없는 새하얀 슈트를 입은 악

은 영화에나 나온다. 지독한 결벽증으로 계속 손을 씻는 악은 영화에나 나온다. 악에 뭔가 특별한 매력이 있을 것이라 생각하는, 악에 환상을 가진 감독들의 이런 영화들이 이제는 좀 그만 나올 때도 되었다고 생각한다.

실제 악은, 술값이 너무 많이 나왔다고 화가 치밀어올라 이 새끼 저 새끼 하며 드잡이를 하는 장면과 더 가깝다. 헌팅 술집에서 멋진 여성들이 나랑만 안 놀아주는 것 같아 맥주병을 거꾸로 들었다가 경찰서에 끌려가는 장면과 더 가깝다. 여중 여고 앞마다 하나씩 있는 바바리 맨에 더 가깝다.

악플에 한 가지 쓰임이 있기는 하다. 큰 결정을 내릴 때 가끔 체크한다. 나와 관련된 기사에 달린 악플을 읽지 않았어도 나는 지금과 같은 결정을 내릴까. 결정 이후에 달릴 악플이 궁금하지 않을 만큼 생각한 후 내린 결정인가.

이제는 악플을 읽지 않는다. 어쩌다 읽어버렸을 때는 어떻게 하면 내가 숨 쉬는 공기 속에 저치들의 침 한 방울, 티끌 하나 섞이지 않게 살아갈까 생각한다. 악플에 관한 관심사는 오직 그뿐이다.

죽여주는 동료들과 서로를 챙기며 미래로 가는 일만으로도 바쁜 인생이다.

\\\

염치를 알아서 비틀거리기보단
뻔뻔하게 건강하기로

오늘은 어버이날이다. 정신이 취약한 환자들을 상대로 성폭력을 일삼아온 어느 의사와 용감하게 맞서 싸우는 중인 A가 트위터에 올린 글이 눈에 들어왔다.

"어버이날이라고 모은 돈으로 부모님 가전 바꿔드리고 용돈 드리고 했던 것이 언제 적인지 기억도 나지 않는다. 이제는 얼굴 보고 식사 한 끼 같이 못 하는, 제 앞가림도 못 하는 딸이 되었다."

정신과 진료를 받다 피해를 입은 A는 지난한 소송 과정으로 인해 더더욱 정신적으로 힘들어졌는데도 투쟁과 경제생활을 병행하고 있다. 게다가 신뢰할 수 있는 의사와 심리상담과 치료를 받아야 하고, 언론 인터뷰 등 투쟁 과정에서 서울에 올라와야 할 일이 많아져서 숙박비와 교통비 등 지출이 어마어마하다. 상황이 이러하다 보니 변호사비도 감당할 수 없어 온갖 골치 아픈 서류들을 직접 작성해 제출하고 있다.

그러면서도 또 자신이 맡은 아이들의 선생님으로서 본분을 다하려고 고군분투 중이다. A에게는 어버이날을 챙길 금전적인 여유도 심적인 여유도 시간적인 여유도 없다.

많은 성폭력 피해자들이 가해자와 싸우는 과정에서 엄청난 죄책감과도 싸운다. 피해자가 잘못한 것이 없는데도 부모님께 만큼은 죄책감을 느끼지 않기가 어렵다. 성폭력을 겪은 것이 죄송하고, 겪은 것을 알게 해서 죄송하고, 나서서 싸우는 동안 부모님이 주변을 의식하게 만드는 것 같아 또 죄송하다. 나 같은 경우는 경제적 독립생활이 불가능해져 캥거루족이 되어버린 것도 죄송하고, 예민한 성질머리의 가족 구성원이 되어 죄송하고…… 하여간…… 하여간 끝도 없이 죄송할 일들이 생긴다.

성폭력 트라우마 회복 과정에서 드는 자괴감의 팔 할은 부모님 생각 때문이었다. 언제나 부모님 앞에 서면 제 자랑 늘어놓기 바쁜 수다쟁이였는데, 사건 이후 나는 부모님 앞에서 말이 없어졌다. 고향에 내려가면 항불안제를 평소보다 많이 먹어 졸거나, 일어나지 못해 차례를 지내지 못하거나, 모두가 잠든 새벽 갑자기 감정을 처리하지 못해 몰래 집 밖으로 나와 응급실에 가거나, 고성을 지르며 난리를 치다 바리바리 짐을 싸 일정보다 빨리 서울로 와버리거나 했다. 서울역에서 그대로 폐쇄병동으로 직행하는 일도 있었다.

\\\

자괴감은 쳇바퀴처럼 빙글빙글 돈다. 죄송해서 사나워지고, 사납게 굴다 성질을 못 이겨 난리가 나면 병원비까지 짐 지우게 된다. 그럼 또 죄송해진다. 그럼 또 침묵하게 된다. 침묵은 괜찮은가 하면 그게 또 그렇지가 않다. 침묵하는 동안 부모님이 내 눈치를 보게 만드는 것도 죄송하다.

부모님은 가만히 있었는데(아니, 지켜주고, 지원해주고, 기다려주는데) 내가 만든 자괴감으로 몇 년을 지옥에서 보냈다.

'염치가 있어야지'라는 생각은 나를 끊임없이 좀먹었다. 그렇게 생각한다고 해서 갑자기 돈을 벌 수 있게 되는 것도 아니었다. 갑자기 삼시 세끼 라면만 먹고 살 수 있게 되는 것도 아니었고 병원에 가지 않고 버틸 수 있게 되는 것도 아니었다.

악화되고, 약이 늘고, 더 오래 잠자고, 울면서 일어나는 아침이 잦아지고, 살만 빠질 뿐이었다. 면역력이 약해지고, 다른 병들까지 나를 덮쳐 와서 병원비가 미친 듯이 들었다. 궁지에 몰린 타인들을 돕고 싶어도 돕기도 버거워졌다.

그래서 언젠가부터 그냥 생각을 고쳐먹었다. 잠시 뻔뻔해지자고. 이미 잠시가 아니지만 오래오래 장수해버리면 '비교적' 잠시가 되는 거지 뭐. 어차피 당장 변할 수 있는 게 아무것도 없는데 유일한 인프라(?)인 내 몸과 마음마저 망가지면 정말로 모두가 함께 불행의 늪으로 빠질 것이었다.

그래서 철을 버렸다.

"아이고~~~ 나 하나 논다고 집안이 풍비박산 나는 것도 아닌데 뭘~~~"

"동생은 장가가서 커다란 아파트에 사는데 나는!? 나는 나는?! 나 계속 원룸에 살아?? 엄마 '유고걸' 노래 들어봤어??"

"딸기가 칠천 원인데 아이고~ 내가 생활비 아끼느라 사 먹지를 못해~ 딸기 철 다 지나가네~~"

백화점 완구 코너에서 바닥에 푹 퍼져 울어버리는 꼬마들과 다름없다. "염치가 있어야지!" 하는 호통이 부모님 입에서 터져 나오기 직전이다.

그런데 뭐, '사업한다고 부모님께 손 벌려서 몇억 단위로 날려 먹는 아들들이 사방천지에 있는데 나 정도면 얼마나 얌전한 자식인가' 한다. 배만 채워주고 누울 자리만 만들어주면 조용히 백지 위에만, 펜으로만 사고를 치지 않는가.

내가 뭐 당하고 싶어 당했나. 그렇지 않은가? 마음의 양심을 따라 살다 보니 뭐 잠시 이런 것이지. 그렇지 않은가.

뭐. 왜. 뭐!

그래서 아버지는 한숨이 늘었다(독자들도 지금쯤 한숨을 쉴 것 같다). 어머니는 실제로 이렇게 말한 적이 있다.

"너는 이것아. 감사한 줄을 알아야지. 그렇게 바라고만 앉아서 넙죽넙죽 받아먹고 살 거냐!"

그러거나 말거나. 이번 어버이날도 사탕발림 몇 마디로 때우고 지나가기로 한다.
건강해진 내가 선물인데요. 하.하.하.

갚을 것이다. 버티고 살아남아서.
그러니 부모님도 좀 오래오래 살아주셨으면 한다.

자식 이기는 부모 여기 있음

입이 터진 김에 한심한 이야기를 하나 더 털어놓자면 나는 상태가 심각했을 때, 그래서 가족들에게 툭하면 사납게 굴던 때, 클라이맥스에 다다르면 "대체 나를 왜 낳았느냐!"라고 태어날 때보다 더 우렁차게(?) 소리 질렀다.

하루하루를 꾸려나가는 일이 아주 고되다는, 세상은 다 엉망진창이고 내가 처음부터 존재하지 않았더라면 이 꼴 저 꼴 안 볼 수 있고 얼마나 좋았겠냐는 그때의 생각은 힘이 셌다. 평생 아이를 갖지 않으리라는 결심을 하게 만들기도 했다. 미래로 가서 아이에게 살 만하냐고, 사는 게 재미있느냐고 물어볼 수 있다면 한번 생각해보겠다는 궤변을 늘어놓기도 했다.

어느 날은 정신이 아주 멀리까지 갔다.

"엄마도 싫잖아. 실컷 키워놨더니 이따위인 딸 끔찍하잖아. 하나도 재미없잖아. 지긋지긋하잖아. 고생만 하고 계속 왜 낳았나 싶잖아. 근데 왜 결혼하라 그래. 근데 왜 결혼하고 아이 낳으면 좋겠다고 그래."

그때 엄마가 갑자기 나보다 더 크게 고함을 질렀다.

"나는 좋았다 왜! 계속 좋았는데 왜!!"

나는 일시 정지되고 말았다. 엄마 눈에도 눈물이 그렁그렁, 내 눈에도 눈물이 그렁그렁했다. 엄마는 열받아서였던 것 같고 나는 애매한 타이밍에 감동을 받아버려서였다. 엄마는 내가 온 갖 헛짓거리를 할 때도 '너도 너 같은 딸 낳아서 당해 봐야 정 신을 차리지' 하는 흔한 말 한 번 한 적 없다.

도시락 뚜껑을 똑바로 닫아주지 않았다며 외할머니에게 잔 뜩 짜증을 내, 얼굴이 새빨개지도록 화가 난 엄마가 내 귓방망 이를 날렸을 때도 내가 좋았을까. 한국에서 외국으로 정말 전 화를 걸 수 있는지 궁금해서 미국으로 국제장난전화(?) 쳤다가 어마어마한 요금이 고지서에 찍혀 날아왔을 때도 내가 좋았을 까. 서점에서 돈 훔쳐서 떡볶이 펑펑 사 먹다 들켰을 때도 내가 좋았을까. 병동에 면회 와서 "엄마도 같이 죽을까" 하고 말하 면서도 내가 좋았을까. JTBC〈뉴스룸〉인터뷰에 응해버려서 내 성폭력 피해가 고향 바닥에까지 다 알려졌을 때, 지인들의 시선에 잠 못 이뤘을 때, 그때도 엄마는 내가 좋았을까.

정말로 계속 좋았을지도 모른다는 생각이 드니 무서웠다. 그건 너무 기이한 사랑이잖아. 그리고 맙소사. 나만 쓰레기잖아.

싸움은 망했다. 엄마가 열받는 순간에 나는 감동을 받은 것만 봐도 엄만 내가 대적할 수 없는 상대였다.

그럼 뭐…… 잘 사는 수밖에 없나?

생일과 전동 드릴

돌이켜보면 생일은 매해 다양한 형태로 의아한 날이었다. 꼬마 때는 주위 사람들에게 생일이니까 더 잘해주기를 요구하며 지냈고, 청소년 때는 친구들에게 축하받는 일이 멋쩍어 머리를 긁적이며 보냈고, 성인이 되어서는 생일인데도 학교에 가야 하고 시험공부 해야 하고 회사에 가야 하고 상사에게 평가받아야 하는 평소와 다를 바 없는 날이라 별로라 생각하며 보냈다.

그러다 인생이 산으로 가기 시작하면서, 생일은 극단적으로 고통스러운 날이 되었다. 생일이 있는 달에 접어만 들어도 마음이 아프고 머리가 아프고 초조했다. 그러다 '올해에는 어디로 어떻게 도망가서 지낼까' 잠수 탈 계획을 세웠고, 페이스북이나 카카오톡에 생일 표시 안 함 설정이 제대로 되어 있는지, 한 명이라도 더 모르게 하려고 확인하고 또 확인했다.

생일은 나이를 먹을수록 점점 아무것도 아닌 것이 된다는데, 어른이 되고 나면 생일이 와도 생일인 줄 모른 채 지나갔다가 뒤늦게 알게 되는 일도 흔하다는데…… 나는 이게 웬 자의식 과잉인지 전혀 그렇지가 못했다.

아버지는 생일만 되면 맛있는 거 사 먹고, 사고 싶은 거 사 라고 나름 거금을 보내주셨다. 한때는 거금이었던 것이 언젠가 부터는 밀린 핸드폰 요금이나 관리비, 건강보험료를 내고 나면 다 사라지고 없게 되었다. 아니 생일이 겨우 '비로소 밀린 공과 금을 청산할 수 있는 날'이라니.

축하해주는 사람들이 있었지만, 축하받는 나는 없었다.

올해 생일은 달라지고 싶었다. 도피하고 싶지 않았고, 스스 로에게도 타인들에게도 축하받고 싶었다. 일단 온갖 SNS에 들 어가서 생일 알람을 켰다.

그리고 두둥! 거짓말 같지만 정녕 사실인 사건이 벌어졌다. 전시 제품이라 초저가로 샀던 내 고물 노트북이 생일 바로 전 날 펑~ 고장 나버린 것이다. 아무리 껐다 켜보아도 검은 화면 에 회사 로고만 깜빡였다. 기계 고장이 이렇게 기뻤던 것은 충 전기가 자꾸 빠져서 노란 고무줄을 묶어 사용했던 스타텍 핸드 폰 이후 처음이었다. USB에 넣어둔 원고를 부랴부랴 확인해보 니 단 한 꼭지만 날아갔을 뿐 무사했다(언젠가 이런 날이 올 거라 예 감했던 것 같다).

그래도 노트북 안엔 날아가면 안 될 무언가가 분명히 있었을 것인데, 전~혀, 하~나도 기억나지 않았다. 이렇게 기분이 상쾌할 수가 없었다. 염치와 철을 내려 놓은 지 좀 된 나는 집에 당장 전화를 걸었다.

"아빠. 지금부터 내가 하는 얘기를 거짓말이라고 생각해선 안 돼."

"뭔데 그래."

"있잖아 아빠. 내일은 내 생일이잖아."

"응. 그렇지."

"그런데 방금! 진짜 방금, 노트북이 고장 났어! 마치 내 생일을 축하라도 하는 듯이!"

수화기 너머로 아빠의 '얘가 보자 보자 하니까' 하는 아우라가 잠시 느껴지는 것 같았지만 나는 주눅 들지 않으려 애쓰며 폭주 기관차처럼 달렸다.

"아빠! 그래서 말인데, 노트북을 사야겠지? 그런데 삼십만 원짜리 중고 노트북을 쓸 수 없잖아. 나는 이제 작가(?)인데,

아빠. 글을 써서 돈을 벌 건데, 아빠. 장비가 좋아야 하지 않을까? 그래서 말이야. 멋진 새 노트북을 사고 싶은데 말이야!"

"……"

"아빠, 끊은 거 아니지? 아빠?"

"……놀랄 노 자구나! 허허허."

"아니 아빠. 나는 어땠겠어. 얼마나 놀랐겠어. 근데 다행히 원고는 다른 데 잘 옮겨놨더라고. 아빠 딸이 말이야, 혹시 모를 순간을 위해 철벽 대비를 해두었지 뭐야! 잘했지?"

"……그게 얼마쯤 하는데?"

"……차랑 똑같아 아빠. 싼 중고차는 엄청 싸잖아? 그치만 아주 위험하고 고장도 빨리 난다구. 그렇지만 멋지고 안전한 새 차는 비싸기 마련이지."

아아. 심장이 떨리는 순간이었다. '나는 크게 부를 것이다. 크게 부를 것이야' 되뇌며 숨을 골랐다.

'나는 이제 노트북이 생존 무기지. 영상 편집을 배워서 유튜브를 시작할지도 모르고…… 또 팟캐스트 편집을 배울지도 모르고…… 사양이 좋아야지. 집에 티브이가 없으니까 화면이 크고 선명한 노트북을 골라서 티브이 없음의 설움도 이 기회에 떨쳐내자!'

"이백."

"어?"

"이백. 그래야 노트북다운 노트북을 살 수 있어. 이백. 이백만 원이야."

"……허허허……"

아빠의 침묵은 매우 길었지만 모른 체하며 뚝 끊었다. 심장이 두근두근거렸다. 새 노트북 하나 살 돈도 없어 아버지에게 전화하는 서른여섯의 생일 전야라니.

생일 아침이 밝았다. 트위터에 접속해 생일이라고, 축하해 달라고 구구절절 뭐라 뭐라 적었다. 처박아둔 운동화들을 운동화 세탁소에 맡기고 돌아오는 길, 아직 가본 적 없는 동네 카페에서 모닝커피를 마시고 원두를 샀다. 오후에는 압구정에 가서 동생 결혼식 때 입을 멋진 옷을 사고, 쏘카에 접속해 전기차를 빌렸다. 이케아에 가서 떨어져 나간지 오래인 화장실 선반을 맞춤한 것으로 고르고 바삭바삭한 촉감의 침구 세트도 샀다. 그러곤 미래의 멋진 집을 상상하며 욕조도 옷장도 식탁도 열심히 구경했다. 그러다 눈에 띈 것이 있었다.

"왜. 사게?"

갑자기 멈춰선 나에게 함께 간 친구가 말했다.

"사지 마. 자리 차지해. 우리 집에 있는 거 빌려줄게."

전동 드릴이 산더미로 진열되어 있었다.

"아니야. 나 이거 갖고 싶어."

집에는 고장 난 게 많았다. 고장 난 채로 그냥 두고 살았다. 직접 고칠 줄 모르니까. 전문가를 부르면 큰돈이 나갈 것 같으니까. 안 고친다고 해서 당장 큰일 나는 게 아니니까. 여긴 그냥 임시로 사는 집이니까. 대충 이렇게 살다가 언젠가 더 좋은 집으로 이사할 거니까.

그렇지만 개꿈이라는 사실을 받아들이기로 했다. 내 인생에 더 좋은 집 같은 건 없을지도 모른다. 한곳에서 쭉 살다 독

거노인으로 죽지 않으리라는 보장이 어디 있는가. 매 순간 주어진 환경에서 최선의 삶을 살아야겠다는 생각이 들었다. '언젠가'란 없다. 오늘 당장 샤워기 걸이를 최선의 높이로 옮겨 달고 싶었다. 고장 난 곳들을 척척 수리할 수 있는 나라면 인생도 통째로 수리할 수 있을 것 같았다. 생각이 여기까지 미치자 사지 않을 수 없었다. 대단히 비싸지도 않았다.

전자상가도 들렀다. 온갖 브랜드의 컴퓨터들을 싹 둘러봤다. 마음에 드는 노트북들의 금액을 본 후 심장이 너무 나댄 나머지 바로 사버릴 순 없었지만 대충 내 취향이 어떤지를 파악할 수는 있었다.

저녁 식사도 완벽했다. 처음 가본 여의도 어느 평양냉면집에서 인생 최고의 냉면을 먹었다. 사리 추가, 만두 추가, 육수 다 마시기 식탐 신공을 마음껏 펼쳤다.

신나게 돈을 썼더니 속이 시원했다.

생일 기분은 이튿날까지도 계속되었다. 대청소를 하고 침구도 싹 바꿨다. 인생을 고쳐줄 전동 드릴로 볼 때마다 성질났던 집 구석구석의 고장 난 곳들을 스스로 수리했다. 몇 년째 덜렁거리던 샤워기 걸이를 꽉 조였고, 세면대 배수관도 직접 갈았다. 신생아를 곧 맞이할 것처럼 내일을 준비하며 보냈다.

나에게도 언젠가는 생일이 언제인지도 모르고 지나갈 날이 오겠지. 알아도 별 기분도 들지 않을 날이 올 것이다. 그렇지만 올해의 생일은 꼭 기억해두고 싶다. 살아 있음을 흠뻑 느끼려고, 인생은 살아볼 만한 것임을 스스로에게 납득시키려고 온 힘을 다한 날이었다.

문득 고장 난 노트북의 바탕화면에 저장해둔 장문의 글이 생각났다. 2016년, 폐쇄 병동에 입원하기 전에 쓴 것으로, 내가 사랑하는 거의 모든 사람들을 원망하는 유서였다. 노트북이 이제 잊으라고 자폭한 것 같다는 생각이 들었다. 어떤 중요한 것들이 저장되어 있을지 모르지만 고치지 않고 간직만 할 생각이다.

잠들기 전 트위터에 접속해보았다. 정말 많은 축하 인사가 와 있었다. 하나하나 마음글을 찍고 감사 인사를 남기다가 나도 모르는 사이 까무룩 잠들었다.

그날은 꿈에 좋아하는 사람도, 싫어하는 사람도 나타나지 않았다. 아주 오랜만이었다.

\\\

똑똑한 내 친구가 앞만 보고
치고 나아가야 할 때도 있다고 말했다

문화인류학을 공부하는 친구 Y가 SOS를 쳤다. 석사 논문을 쓰는 중인데 우울증을 앓는 페미니스트들을 인터뷰해야 한다고 했다.

그렇지. 나는 페미니스트고 우울증이 있지. 그리고 시간이 남아돌지. 게다가 어제 감자탕 맛집에서 혼밥하는 바람에 볶음밥까지 볶아 먹지 못한 한이 21시간째 풀리지 않고 있지.

"오늘 당장 하자!"

감자탕에 밥까지 볶아 먹으려면 누구든 있어야 했다.

질문은 열 가지 정도 되었다. Y는 이것이 제법 간단하리라 생각한 것 같았지만 수많은 인터뷰를 해온 나로서는 이 친구 오늘 힘들겠군, 예상할 수 있었다. 나 같은 투머치 토커에게 질문이 열 개나 되다니. 나는 한 질문당 일주일씩도 대답해줄 수 있는 인간인걸.

그러나 많이 봐주어서 인터뷰는 3시간가량 진행되었다. Y
는 한 시간 후쯤이면 감자탕을 먹을 수 있으리라 생각하고 온
것 같았는데 미안하게도 나는 길게 길게 말했다. 왜냐. 친구를
웃기기도 울리기도 해야 하고, 생각지 못한 관점도 제시해야
하고, 정보도 주고 감동도 줘야 내가 개운할 것이기 때문이었
다.

기억에 남는 질문 중 하나는 자신을 페미니스트로 정체화
하기 시작하면서 과거와 불화하거나 화해한 경험이 있느냐는
질문이었다.

아. 이건 치료 중에 몇 번 해봤던 것이었다. 지금의 우울한
나를 만든 것이 혹시나 과거 언젠가 나도 몰랐던 어떤 때에 만
들어진 트라우마 때문은 아닌지, 선생님들과 함께 과거 대탐험
을 나서는 일.

선생님은 상담 선생님일 때도 있었고 의사 선생님일 때도
있었다. 나는 아무것도 몰랐기에 열심히 대답했더랬다. 과거의
나를 기억해내고, 이런저런 특징적 사건들을 떠올려보고, 무의
식이나 꿈 같은 것도 파헤칠 수 있다면 파헤쳐서 지금의 내가
왜 이런지 증거를 찾기 위해 방황했다. 그 과정이 끝나면 과거

의 나와 현재의 내가 손을 맞잡고 서로 용서를 구하거나, 아니면 머리채를 쥐어뜯고 싸워서 끝까지 가보거나, 과거든 현재든 둘 중 더 여유가 있는 자아가 미쳐 있는 자아를 안쓰럽게 여기며 다독여주거나, 뭐 그럴 줄로만 알았다.

상담 선생님과 이 과정을 거쳤을 때는, 말하면 말할수록 없던 문제도 생기는 것 같은 느낌을 받았다. 그래서 무단으로 치료를 중단했다. 폐쇄 병동에서 의사 선생님과 또 이와 비슷한 과정을 거쳤을 때는 '와. 이번 담당 샘 열정 넘치신다. 진짜 온 정성 다해서 유의미한 샘플 환자가 되어드리고 말 테다!' 하는 마음(누가 누굴 위한다는 건지)으로 많은 이야기를 꺼냈다. 종종 내가 환자라는 사실도 잊고 "샘. 짱 재밌죠?"라고 물어가면서.

힘든 시간을 헤쳐나갈 일이 나에게 생기면서, 세상에는 짊고 넘어가야 할 산더미 같은 과거들을 덮어놓고 사는 사람들과 덮어놓았다가 터져버린 사람들이 많다는 걸 알게 되었다. 긴 시간 동안 모르고 살아왔던 것이었다. 내 곁의 어른들은 나를 강하게 기르려는 생각은 없었구나. 나름 고운 흙을 구해다가 온실 속에 심어놓고 키웠구나. 세상과 또 나 자신과 싸우게 되면서 처음 알게 되었다.

나는 실은 환자로 치면 하수다. 뒤적여서 뭔가 단서를 찾아내야 할 과거가 그리 멀리 있지 않다. 내 인생에서는 태풍 같았

던 불행도 어떤 사람들의 삶 속 불행과 비교해보면 겨우 봄비 정도다, 그래서 죄악감을 느낄 때도 많다. 나는 내가 당한 사건의 무게 이상으로 많은 사람이 위로를 건네주었고, 곁에 있어 주었고, 응원해주었다.

아주 큰 손해를 보지 않아도 선한 선택을 할 수 있을 때, 잃는 것 없이 타인에게 도움이 될 수 있을 때, 나는 찜찜하다. 선함을 행하는 것도 특권 같아서. 적을 둔 곳이 없는 것도 특권이고, 적을 둔 곳이 없어도 먹고 살아지는 것도 특권이다.

물론 떠오를 때마다 저 멀리 밀어두는 생각이다. 같은 상황에 있어도 선한 선택을 하지 않는 사람들도 많은데! 나 자신을 좀 칭찬해주면서 살래! 왜냐? 나 이거 말고도 어려운 일 많거든! 나아서 다른 사람들에게 피해 주지 않고 살아내려면 칭찬이 무지 필요하다고! 자기 긍정도 많이 해야 해! 시니컬하게 굴지 않을 거야! 징징대지도 않고! 특권이라는 생각이 들면 바짝 누리고, 누려서 나아지고, 나아져서 또 누군가에게 좋은 영향력을 행하는 것으로 갚아나가면 될 일인 것이다.

인터뷰가 끝날 때쯤, Y와 함께 문화인류학을 공부하는 이민경 작가가 자리에 합류했다. 민경은 원고가 어떻게 되어가고 있냐고 물었다. 나는 새로 쓰기는커녕 이미 다 쓴 원고들을 버려야겠다는 생각에 잠겨서 헤어나올 수가 없고, 새로운 것을 쓰는 일은 더더욱 못 하겠다고 답했다. 민경은 말했다. 뒤돌아보지 말라고. 앞으로 앞으로 나가라고. 빈 종이를 채우라고. 새것을 쓰라고. 써나가라고.

아무래도 내 과거는 머리채 잡고 꺼내서 지금의 나와 싸워 끝장을 봐야 하는 그런 정도가 아닌 것 같다. 시기마다 당시로 서는 최선을 다해서 풀만큼 풀면서 살아온 것 같다. 지금의 삶이 머지않은 미래가 되면 또 화해해야 할 과거가 될지도 모르겠다. 그런 섬뜩한 생각이 들기도 하지만 나는 민경의 충고처럼 내가 가진 코딱지만 한 에너지를 뒤돌아보는 일보다 앞으로 가는 일에 쓰고 싶다.

어쩌면 조바심에 대해 길게 변명하고 있는 것일 수도 있겠다.

앞으로 쭉쭉 나아가서 자리를 잡고 싶다. 자리를 잡아서 어린 시절의 상처 많은 나와 싸우는 중이거나 화해하는 중인, 여하간 관계를 재정립 중인 친구들 곁에 있고 싶다. 곁에서 치어리딩도 해주고, 음료수도 사주고, 땀 닦으라고 보송보송하게 말린 40수 송월타월도 건네주고 싶다.

헐렁헐렁한 마음으로 이력서를 내보았다

카카오톡이 울렸다. 이력서를 내보라는 말과 함께 링크 주소가 있었다. 얼마 전 사내 여성 노동자 비율 이슈로 불매운동이 있었던 어느 서점이었다. 용기가 나지 않아 에이~ 저 못 해요, 하고 바로 답했지만 마음속에서는 파문이 일고 있었다.

일단 이력서를 한번 갱신해보자! 그런데……

내 이력서는 아마 나의 전전전전 노트북에 있을 것이었다. 노트북이 아니라 넷북이었던 것 같기도 하다. 아니다. 데스크톱이었나? 486이었던가? 디스켓이 들어가는 모델이었던가? (그만하자)

마지막으로 다닌 회사에 입사 서류를 넣은 때가 2011년의 봄이었으니 무려 8년 만이었다. 갱신할 이력서가 지금 세상에 존재할 리가 없다.

그래! 처음부터 다시 쓰지, 뭐! 나는 예전과 달라졌어! 나를 뽑지 않으면 크~게 후회할 거라고 오버해서 협박하지도 않을 거고, 여러분이 원하시는 열정적 인재가 바로 여기 있다며 오그라드는 충성 멘트를 쓰지도 않을 거다. 담담하게 써야지. 짧고 간결하게 써야지.

자리에 앉아 모니터에 빈 파일을 띄웠다. 깜빡이는 커서를 보며 기도하듯 다짐했다.

간절하게 굴지 말아야지.
감성팔이 하지 말아야지.

그러고 보니 그랬다. 긴 시간 동안 가장 꿈꾸었던 것이었다.

나는 이런 사람입니다.
이 회사는 어떤 회사입니까?
이런 제가 충분히 필요합니까?
필요하다면 연락하십시오.

열린 마음을 가지고 한번 만나봅시다.
필요성과 가능성을 서로 판단해봅시다.

갑과 을이 없는 관계에서 노동력을 제공하고 돈을 받는 것, 그것을 처음으로 시도해보자!

\\\

좀 더 용기가 났다. 천천히 하나하나 써 내려갔다. 이름은 탁수정. 나이는, 일하는 데 나이가 뭐가 중요해. 빼자. 전화번호는 연락을 받아야 하니까 쓰고, 이메일 주소도 쓰고, 증명사진은…… 어떡하지. 새로 찍어야 하는데. 아니지. 일하는 데 얼굴이 뭐가 중요해. 빼자. 아. 그러고 보니 성별도 썼던가? 근데 이력서에 성별을 왜 써? 쓰지 않겠다. 빼자.

구직자가 회사에 제공하는 것이 납득되는 정보만 하나하나 채워나갔다. 저는 무엇무엇을 전공했습니다. 여기저기 회사들에 다녔습니다. 어떤 경력이 있습니다. 이런저런 결과를 냈습니다.

긴 공백의 시간이 왜 생겼는지도 굳이 적지 않았다. 변명 아닌 변명이 되어버리고 말 것을, 내가 얼마나 합당한 판단을 내리고 행동했었던 것인지를 구구절절 쓰며 이상한 사람 아니니까 나를 고용하라고 설득하고 싶지 않았고, 이제는 다 괜찮아진 척하고 싶지도 않았다. 의연한 척이나 씩씩한 척 또한 하고 싶지 않았다. 돈은 벌지 못했지만 어떤 일들을 했는지, 몇 안 되는 일들을 썼다. 듬성듬성했지만 쓰고 보니 그게 또 그렇게 걱정했던 것만큼 듬성듬성하지만도 않았다.

짧고 굵고 좋네. 됐다.

주욱 한 번만 다시 읽어보고 미련 없이 보냈다. 이력서가 원래 마감하는 날 6시까지 내는 거였던가? 시계를 보니 6시 40분이었다.

헐렁헐렁한 척 굴며 보낸 하루였다. 그러나 아주 가까스로 헐렁헐렁할 수 있었던 날이었다.

그놈의 희망 연봉 칸은 왜 있는 거죠?

회사에서 연락이 없다. 이럴 줄 알고 두부처럼 약한 내 멘탈을
위해 이력서에 보호 장비를 하나 장치해두었더랬다. 바로 희망
연봉.

마치 경력이 단절된 적 없는 양 전 회사에서 받았던 연봉보
다 훌쩍 높은 금액을 적어두었다. 연락이 없으면 회사가 돈이
없나보다, 내 부족 때문이 아니야~ 하고 생각하려는 심보였
다. 그런데 아니나 다를까. 연락이 없다. 내가 부족했나? 아니,
아니지. 회사가 돈이 없나 보다.

아니. 그 금액이 그렇게 컸나? 그간 물가가 얼마나 상승했
는데!?

그렇지만 좋은 시도였다는 사실은 바뀌진 않는다. 다음에
또 어떤 기회가 성큼 다가오면, 이번처럼 많이 고민하지 않고
이력서 전송 버튼을 누를 수 있을 것 같다.

회사에 다니고 있으면서도 허구한 날 다른 회사에 이력서를 내는 절친 J가 문득 고마워지기도 했다. 옆에서 자주 보고 듣는 것의 힘을 무시할 수 없어서, 덕분에 점점 이력서를 내는 일이 별로 대단한 일이 아닌 것처럼 느껴지던 차였다.

아님 말고 뭐. 더 좋은 데 또 나오겠지, 뭐. 일단 지금 다니던 데 다니고 있지, 뭐.

J는 이런 식이다. 그리고 또 이렇게 말을 이어간다.

"근데 전에 이력서를 거기 말고 하나 더 냈었거든. 옷 만드는 회산데 면접 보러 오라던데 잘 모르겠어. 가볼까? 아…… 근데…… 거기 좀 별론데…… 아. 모르겠다! 일단 주말까지는 생각해보고 결정할래."

나도 좀 배워야 한다.

"놀던 대로 놀고 있지 뭐. 경력 단절 5년이나 6년이나 뭐~"

그러면서도 생각했다.

'아직 오늘 하루가 다 가지 않았어. 전화가 올지도 몰라! 눈물 꾹 참아!'

\\\

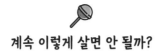

계속 이렇게 살면 안 될까?

〈어바웃 어 보이〉라는 영화가 있다. 주인공 월 프리먼(휴 그랜트)은 작곡가였던 아버지가 유명한 캐럴 하나를 탄생시키고 돌아가시는 바람에 그 저작권료로 한평생 놀고먹는 사람인데 그의 대사 중 내 마음에 들러붙어 오래도록 떼어지지 않는 것이 있다.

"목욕…… 카운트다운(티브이 프로그램) 보기…… 인터넷 검색…… 운동…… 미용하기…… 하루가 채워지는 건 정말 놀랍다. 일할 시간이 있다면 솔직히 궁금한 건, 다들 이걸 하루에 어떻게 해결하지?"

실은 회사로부터 면접 보러 오세요~ 하는 전화가 오지 않는 것도 두려웠지만 오는 것도 두려웠다. 오지 않는 것이 두려운 이유는 거절당했다, 실패했다는 생각에 또 한 번 우울해질까 봐서였다. 작은 실패에도 크게 마음이 상하고 털고 일어나는 데 긴 시간이 걸리는 사람이 된 지 오래였기 때문에. 괜찮을 것도 같았지만 상황이 닥치기 전까지는 내가 어떨지 나도 알 수가 없었다.

오는 전화가 두려운 이유는 조금 더 복잡했다. 이력서를 넣은 회사는 8시까지 출근해서 6시에 퇴근하는 곳이었는데 그렇다면 아침 6시 30분쯤 일어나서 준비하고 집에 돌아오면 저녁 7시일 것이었다. 그리고 평일 중 이틀을 쉴 수 있다고 하는데 그렇다면 주말에 쉬는 애인과의 하루 풀 데이트는 이제 거의 불가능할 것이었다.

백수로 지내는 동안 나는 시간을 느릿느릿 흘려보내는 것에 익숙한 사람이 되어 있었다. 갑자기 일분일초가 소중하게 느껴졌다. 내가 뭘 하면서 시간을 보내버렸는지 의식이 되기 시작했다. 엄마는 이제 더 이상(아마도 지쳐서) "너 대체 뭐 하고 사니!" 하고 물어오지 않지만 이제야 나는 그에 대한 대답을 해보기 시작하게 되는 것이었다.

그래 나는 뭘 하고 살고 있는가
_하루 루틴 대공개

시작은 이렇다. 사랑스런 동거묘 나폴이가 스테인리스 밥그릇 연주를 시작한다. 배가 고픈데 그릇이 비어 꽹과리가 되어버렸다는 뜻이다. 그 화려한 연주에 나는 눈을 떴다 감았다 한다. 기다리기가 힘든 녀석은 이제 침대 위로 올라와서 내 얼굴을 빤히 들여다본다. 두 앞발로 내 몸통에 꾹꾹이를 하며 심폐소생술을 실시한다. 비교적 얌전하게 내 뺨에 앞발 한 짝을 붙였다 뗐다 할 때도 있다. 그럴 땐 마치 내가 살았는지 죽었는지 확인하는 것 같다.

일어나지 않을 도리가 없다. 몸을 일으켜 밥을 준다. 그냥 줄 때도 있지만 좀 심술이 나서 물에 말아줄 때도 있다(아니 심술이라기보다⋯⋯ 물 많이 먹고 건강하라고 그러는 것이다. 고양이는 음수량이 매우 중요하므로! 흠흠). 찹찹 아침밥을 먹는 아이를 지켜보며 나는 곰곰이 생각한다. 더 잘지 말지를. 더 자는 날도 있고. 그만 잠이 다 깨버릴 때도 있다.

라디오를 튼다.

김창완 아저씨의 목소리가 나오면 보람찬 날이다. 오전에 깼다는 뜻이니까. 개그맨 김영철 씨의 목소리가 나온 적이 있는데, 정말 깜짝 놀랐다. 그가 라디오도 하는 줄 몰랐었다. 그 시간에 깬 적이 있었어야 말이지. 경험상 오전에 깬 날은 하루가 비교적 잘 굴러간다. 운이 나쁜 날은 〈두시 탈출 컬투쇼〉가 진행 중인 날이다. 이러면 〈붐의 영스트리트〉가 끝나는 6시까지 꼼짝없이 라디오에 붙들려 있곤 한다. 아 미쳤나 봐~~ 아왜 저래~~ 깔깔깔 웃어대느라 끄고 나가기가 힘들어지기 때문이다.

여하간 그날의 첫 라디오 프로그램이 무엇이냐에 따라 스케줄은 조금씩 바뀐다. 일단 프로그램이 뭐든 창문들을 방충망까지 싹 다 열어젖힌다. 그리고 침구 정리를 시작한다.

먼저 베개들이다. 밤새 온몸으로 눌러대서 납작해진 베개 네 개를(그렇다. 베개를 네 개나 쓴다. 하나는 어깨와 벽 사이에 세우고, 하나는 머리에 베고, 하나는 두 팔로 껴안고, 하나는 다리 사이에 끼운다) 팡팡 치고 탈탈 털어 다시 빵빵하게 만든다. 다음은 이불이다. 밤새 요란했을 몸부림에 제 모양을 잃어버린 이불을 다시 반듯하게 만든다.

다음 순서가 중요하다. 베개 네 개 중 이불과 세트 무늬인 베개

\\\

두 개를 침대 헤드에 세운 후 세트가 아닌 베개 한 개와 크기마저 아주 동떨어진 다른 베개 하나를 이불 밑에 숨긴다. 그러고 나면 얼추 #집스타그램 모양새가 된다. 원룸 거주자의 침대는 곧 집 절반의 상태라고 해도 과언이 아니다.

그리고 주섬주섬 원두를 갈고 모카포트에 담은 뒤 인덕션 위에 얹고 불을 켠다.

이제 나머지 절반을 청소할 차례다. '여러 번 빨아 쓰는 행주'를 물에 빨아 꼭 짠 다음, 방금 싱크대 위에 흘린 원두부터 쓱쓱 닦는다. 그리고 얼마 안 되는 크기의 방바닥을 닦는다. 코딱지만 한 방바닥인데도 (방금 걸레로 용도 변경된) 행주는 매번 놀랍도록 까매지기 때문에 매일매일 닦아주지 않을 수 없다.

그러곤 식빵과 달걀, 우유, 버터를 꺼내 굽는다. 버터가 떨어지면 식빵을 식용유에 굽거나 생으로 뜯어 먹는다. 어떤 날은 여행 다녀온 친구가 건네준 카야잼을 발라 먹기도 하고, 파스타 하려고 산 바질페스토를 발라 먹기도 하고, 마트에서 산 오뚜기잼과 먹기도 한다. 이렇게 저렇게 어쨌든 첫 끼는 식빵으로 해결한다. 2,600원으로 한 보름은 먹는 것 같다.

이제 씻고 영양제, 노트북, 책 한두 권, 길고양이 밥을 챙겨 근처 커피숍으로 뭔가를 쓰러 떠난다.

하루의 시작 루틴이라고 하기엔 좀 뭣한 게······ 다 관둬버리기도 한다는 것이다. 냉동실에 얼려둘 파, 마늘, 고추를 가지런히 썰다가(겨우 이런 걸 하다가!) 하루 힘이 다 빠져 그냥 침대 속으로 기어들어가 버리기도 하고. 넷플릭스에 〈오렌지 이즈 더 뉴 블랙〉 새 시즌이 풀렸다는 소식에 정주행 삼매경에 빠져 양치질도 하지 않은 채 밤이 되고 새벽이 되고 다시 아침이 되기도 하고, 카페에 가려고 길을 나서는 것까지 겨우 성공했는데 어떤 인도인이 김치 게스트하우스 2호점에 가야 하는 것을 1호점에 와서 헤매고 있기에 2호점까지 함께 걸어가다가(이놈의 오지랖!!) 하루 체력을 다 써버려서 길냥이 밥이나 주고 그냥 집에 들어와 버리기도 하고······.

이런 내가 취업이라니, 회사 생활이라니. 할 수 있겠냐는 말이지.

떨어지길 잘했다! (마치 제 의지로 떨어진 양)

박나비 레볼루션!

내가 원고를 쓰는 동안 박나비에게는 조용한 혁명이 일어나고 있었다. 오전 내내 잠에서 헤어나오지 못하고, 충격적인 양의 간식을 앉은 자리에서 다 먹어 치우고, 게임과 홈쇼핑에 빠져 있고, 무기력을 이기지 못해 집안 살림들을 엉망으로 널브러 놓고, 달고 사는 병의 종류가 점점 많아지던 박나비였는데 어느 순간 모든 것이 변해 있었다.

국가가 지정한 업장에 매일 출근하고 퇴근하는 생활을 시작한 것이 가장 큰 계기가 된 것 같았다. 아침 9시까지 출근해서 도통 어르기도, 달래기도 쉽지 않은 야인들의 틈바구니에서 이런저런 만들기 작업을 하고, 검수도 하고, 점심밥도 챙겨 먹으면서 일하다가 6시면 퇴근을 한다.

월급이 썩 넉넉지는 않지만 약속된 근로조건을 지키고, 노동자 개개인들에게 약간씩의 업무적 단점이 있어도 너그러이 이해해주는 그곳에서 불안 없이 일을 할 수 있게 되면서, 나비는 월세를 꼬박꼬박 내기 시작했고, 자신을 부지런히 돌볼 수도 있게 되었다. 직장에서 새로운 관계를 형성하면서 자신감도 되찾은 것 같았다. 어느 날에는 함께 일하는 아주머니가 김치를 줬다며 신이 나 있었고, 어느 날에는 워크숍을 주말에 가는 게 너무 짜증 난다고 하더니 다녀와서는 누구보다 잘 놀고 돌아온 이야기를 들려주었다.

일하면서 마음을 다스리고 건강을 챙기는 것만으로도 쉽지 않을 텐데, 세상 공부도 멈추지 않았다. 원래는 공포 소설과 시, 만화를 편애하는 독서 취향을 가지고 있었는데 요즘은 인문서까지 그 폭을 넓혀 내가 조그맣게 꾸린 독서회에도 부지런히 참여하고 있다. 친구들과 영화 이야기는 많이 해봤지만 책 이야기에 또 이런 재미가 있는 줄 몰랐다면서. 어느 날은 바구니에 가지런히 들어 있는 양말 사진을 보내왔다. 이게 뭔가 했는데 그간 정리 수납 자격증을 땄다고 했다. 세상에 그런 자격증이 있었다니. 나야말로 시급히 따야 할 자격증이 아닌가! 함께 살다가 떠나올 적에 미처 챙겨오지 못한 내 옷들도 모두 차곡차곡 정리해놓았다고 했다. 나는 요즘 나비를 '구로구 곤도 마리에'라고 부른다.

타인들의 도움과 본인의 강한 의지로 자신이 처한 상황을 잘 반전시킨 나비는 이제 어떻게 하면 타인들을 도울 수 있을까 하는 고민도 자주 한다. 한번은 "함께 일하는 할머니들이

스마트폰 사용법을 몰라서 물어보는 경우가 많은데 그게 다 아주 간단한 것들이었다"며 사용 설명서를 유인물처럼 만들어서 나눠드릴까 생각하고 있다고 말했다.

나는 옳다구나 싶었다. 책을 내보는 것이 어떨까 바로 제안했다. 프린터로 뽑아서 용지를 반으로 접고 스테이플러로 찍는 투박한 모양새여도 좋고, 텀블벅을 통해 모금하고 명절 조부모님 선물로도 멋질 책을 만드는 것도 좋겠다고 했다. 큰 글씨에 알아보기 쉽게 그림도 그려보자고 했다. 당장 집필을 시작하라고, 나는 그때그때 상황에 맞게 필요한 전문가들을 주변에서 찾아 연결을 도모해보겠다고 했다.

결과는 알 수 없다. 회사의 어르신들을 효율적으로 돕는 정도에서 끝날 수도 있고, 부수입까지 창출해낼 수 있을 만큼 일이 커질 수도 있다. 초반에 바짝 열심히 하다가 생각지 못한 문제에 부딪혀 흐지부지될 수도 있겠지.

실은 나비를 생각할 때마다 나는 걱정이 너무 많아 마음속이 꽉 막힌다. 그 마음을 나 스스로 견뎌낼 도리가 없다는 게 내가 우리의 하우스메이트 생활을 정리한 이유 중 하나이다. 고작 친구 중 하나일 뿐인데 잔소리가 너무 심해 징그러운 가족처럼 이렇게 거리 두기를 못해도 되는 걸까. 끝까지 챙길 오지랖이 아니라면 부리지 않는 것이 맞는 거 아닐까. 다 큰 성인

인격체에게 겨우 친구인 내가 이렇게까지 참견하는 것은 어쩌면 괴롭힘은 아닐까 싶을 때도 많았다.

아니다. 실은 과거형이 아니다. 잘하고 있는 것인지 지금도 잘 모르겠다. 언젠가 나비가 단단한 사람으로 자립을 이루어내고, 정규 1집도 내게 되었을 때, "가만히 생각해보니까, 그때 탁수정 진짜 열받네?" 하고 화를 내면서 따지기 시작할지도 모른다.

그때 내가 낌새를 느끼고 연락을 피해도 한 이틀쯤은 용서해줬으면 좋겠다. 나도 모자란 곳 많은 한낱 인간이면서 오만하게 굴고 있다는 것을 짐작하면서도 지금은 이런 방법밖에 모르겠는 것을 어쩌겠는가.

인터뷰

몇 번쯤 하셨어요?

　대답할 수가 없었다. 셀 수 없이 많아서는 아니다. 기자님과 긴 시간 대화를 나누었지만 단 한 줄도 나가지 못한 인터뷰, 화제가 되었지만 그 사람이 나인지 아무도 모르는 인터뷰, 모자이크 처리되어 가명으로 나간 인터뷰, 누구누구를 만나보면 좋을 것 같다고 내가 아는 정보를 전하는 것에 더 큰 비중을 둔 인터뷰, 나 대신 대리인이 나선 인터뷰, 연구자의 부탁으로 대상 집단 중 하나로 한 인터뷰, 기자분께 사실 확인만 해드린 경우…… 이런 것들은 횟수에 넣어야 할까 말아야 할까? 아니지. 넣고 말고의 문제가 아니다. 인터뷰는 내 삶 속에 이런저런 주제로 파편처럼 널브러져 있었다. 몇 번쯤이었을까. 나도 궁금하다.

　인터뷰를 좋아한다. 취재하는 분이 내가 하고자 하는 일에 악의적이지 않은 이상 대체로 멋진 경험이었다. 생방송이 아닌 이상은, 천방지축 중구난방으로 입술을 반쯤 의식의 흐름에 맡긴 채 움직이고 나면 나보다 멋지고 똑똑한 분들이 귀신같이 짜임새 있게 정리하고 편집해서 세상에 내보내 주었다.

이렇게 말하고 보니 글쓰기보다 말하기가 백 배쯤 좋은 것 같다. 실수하거나 잘못을 저지를 확률도 백 배쯤 높지만.

생각을 깊게 한 후 한 땀 한 땀 수놓듯이 말을 하는 사람이 있는가 하면, 말과 생각이 꼬리에 꼬리를 물어서 말을 하면 할수록 번식하며 점점 수다쟁이가 되어버리는 사람도 있지 않은가. 나는 (전자였으면 좋겠는데 불행히도) 후자다. 그러고 보니 후자들은 인터뷰를 좋아할 수밖에 없을 것 같기도 하고.

인터뷰의 강렬한 매력은 또 따로 있다. 질문을 받으면 기억이 퍼 올려지고 생각이 번진다. 그러면 어떤 일이, 집으로 돌아가 앓아누울 일이 벌어지기도 한다.

"가장 고마웠던 연대자가 있다면 누구일까요. 한 명 꼽아볼 수 있으세요?"

장르는 다큐멘터리였다. 처음 접촉 당시 제작진은 성폭력 운동의 연대자들을 조명해보며 연대의 의미를 새기고자 하는 기획 의도를 가지고 있다고 설명했다. 전과 달리 얼굴을 드러내고 활동하는 것의 의미에 대해 고찰하고자 했고, 그에 맞춰 연대자로 활동해온 이들 중 모자이크 없이 카메라 앞에 설 수 있는 사람을 물색하다 나를 찾은 것이었다. 나는 피해 당사자가 필요할 때는 피해자로 나섰고, 연대자가 필요할 때는 연대자로 나섰다.

주제가 주제인 만큼 연대자로 활동하면서의 이야기를 많이 하게 될 줄 알았는데 인터뷰를 하다 보니 피해자였을 때의 기억이 소환되는 질문이 많았다. 가장 고마웠던 연대자라…… 이 질문을 지금 다시 받을 수 있다면 좋을 텐데. 그치만 이미 기차는 떠나가 버렸다.

"……이 다큐멘터리의 모양새가 잘 꾸려지려면…… 제가 힘들었을 때 아주 고마웠던 누군가에 대한 감동적인 이야기를 꺼내야겠죠? 그런 타이밍일 텐데…… 그런데……"

언제나 그랬듯 세상에 좋은 영향력을 끼치고 싶은 마음으로 대가 없이 응한 인터뷰였다. 조명은 뜨거웠고, 카메라 두 대는 2시간 넘게 돌아가고 있었고, 나도 몰랐던 내 시커먼 속내가 목구멍 너머로 기어 나오고 있었다. 미칠 것 같았다.

"……없어요."

말이 나와버렸고, 눈물도 터져버렸다.

"⋯⋯그들이 ⋯⋯그때 ⋯⋯정말로 저를 도우려고 도운 걸까요?"

너무 못나고 너무 한심하고 너무 못된 인간이 드러나고 말았다. 여러 타인으로부터 숱하게 받아온 공격을 내가 하고 있었다. 나에게는 한 톨의 편집권도 없는데 하필이면 카메라 렌즈 앞에서.

"⋯⋯제가 아직도 이런 상태여서, 치료를 멈추지 못하고 있어요. 제 삶이 투쟁 이후에 잘 재건될 수 있었다면 지금 이렇게 멍청하게 굴고 있지 않을 수 있을 텐데 말이에요.
왜 그러잖아요. 곳간에서 인심이 난대잖아요. 그런데 곳간이 아무리 시간이 흘러도 계속 엉망인 거예요. 제가 농사를 못 지으니 곡식이 차지가 않고요. 사소한 의구심들은 다 접어두고 저를 도운 모두에게 고마워할 수 있으면 좋겠죠. 어쨌거나 마음을 쓰고 시간을 내서 저를 도와줬는데요. 고생을 다들 했는데요. 의도가 무슨 상관인가요. 제가 지금 잘 살고 있다면요."

아니 내가 지금 무슨 소리를 하는 거야.
점점 나도 나를 알 수가 없어지고 멍청한 눈물에 콧물까지 함께 줄줄줄 흘러내리고 있었다. 선한 영향력은 개뿔이고 아무도 이 다큐멘터리를 보지 말았으면 좋겠고, 지금이라도 내 얼굴을 모자이크 처리해줬으면 좋겠고, 목소리에 헬륨 가스 효과도 넣어달라고 부탁할까.

인터뷰 이후 며칠을 앓아누웠다. 몰랐던 내 본심에 경기를 일으킨 거였다. 내 바늘 같은 마음에 내가 찔렸다. 피해자 탁수정이 연대자 탁수정을 죽으라고 죽어버리라고 공격하는 낮과 밤이 계속되었다.

연대는 일 하나하나가 다 만만치 않다. 피해자 한 명 한 명의 우주가 다 다르다. 본인도 다 모를 만큼 넓고 복잡하다. 상황이 주는 감정의 진폭도 무시할 수 없다. 이런저런 신체적 정신적 문제까지 동반되는 경우도 많다. 법은 피해자 편이 아니고, 거기다 금전 문제까지 더해진다.

연대에 대해서는 뭐라고 어떻게 잘 적을 수가 없다. 내가 뭘 했다고 말할 때 늘 주저하게 되고, 뭘 어떻게 하면 되더라는 말도, 어떻게 하면 안 되겠더라는 말도 확신을 가지고 할 수 있는 것은 하나도 없다.

카메라 앞에서 나도 모르게 튀어나온 그 말들이 거짓은 아니었을 것이다. 헛소리가 튀어나온 것이었다면 앓아눕기까지 하진 않았겠지. 그러나 나는 복잡한 마음속에서도 모두에게 고마워하고 있다. 이것도 진짜 내 마음이다.

그리고 끝내는 다 잊힐 것이다.

닥치는 대로 했고, 매 순간 최선이었다. 진심이었으나, 언제나 온전했다고 말하기에는 또 걸리는 마음의 요철들이 있다, 는 정도의 말로 뭉뚱그려놓고, 언젠가는 더 잘 말할 수 있게 되기를 바라며 이리저리 또 살아봐야 할 것 같다.

: 에필로그 :

- 내 꿈은 자매들의 자연사

책 《벌새-1994년, 닫히지 않은 기억의 기록》에는 이런 구절이
있다.

"한국 사회에는 상처를 미화하는 문화가 있다. 상처받은
사람이 상처를 '극복'하고 강해지는 서사를 환영한다. 그러나
정말 그런가. 상처는 언제나 사람에게 좋은가. 사람으로 살면
서 받을 수밖에 없는 상처가 있겠지만, 받지 않아도 될 상처는
최대한 받지 않는 편이 더 좋지 않나. 상처를 미화하는 문화는
가해자에게 언제나 얼마간의 정당성을 주는 것 같다. 내가 너
를 사랑해서 그런 거야. 정말 그런가. 인간은 상처가 아니라 사
랑을 통해서만 성장한다."

—최은영, 〈그때의 은희들에게〉, 《벌새》, 아르테, 2019, 213쪽.

극복해야 한다는 말, 강해져야 한다는 말을 많이도 들었다.
회사에서 등신같이 17개월 동안이나 수습사원을 하고 앉아 있
었을 때도, 성폭력 사건으로 주저앉아 있었을 때도. 타인들에

게만 들었겠는가. 나를 가장 많이 다그친 건 나 자신이었다.

그러나 아무것도 극복하지 못했다. 강해지지도 못했다. 그간 많은 여성이 작다면 작고 크다면 큰 삶의 균열로 죽음까지 내몰리는 걸 봤다. 나는 운이 좋아 살아남았고, 삶을 이어갈 자원들을 제공받았다.

사건으로 말미암아 내 겉과 속의 이모저모가 변형되었고, 이런 채로 살아나가는 방법을 고민하며 지낸다. 충격의 역치가 조금 높아졌을 뿐 과거에 끔찍했던 것들은 지금도 여전히 끔찍하다.

극복하고 강해져야 할까? 글쎄. 더 나은 사람이 되고 싶다는 생각 정도는 한다. 세상이 더 많이 변해야 한다. 다음 탁수정은 없었으면 좋겠다.

최근 알게 된 나무 한 그루에 대해 이야기하고 싶다. 스웨덴 국립공원의 정상에 가면 있는 나무다. 가문비나무이고 이름은 올드 티코(Old Tjikko). 키는 약 4미터, 나이는 약 9,550세. 빙하시대 말부터 뿌리를 내리기 시작했다는 뜻이다.

처음 이 나무의 존재를 듣고 나는 내가 본 적 있는 나무 중 가장 고령인 예천의 석송령을 떠올렸다. 700여 년의 세월을 보낸 석송령은 일단 거대하고, 나뭇가지들이 이루는 폭이 나무

전체의 높이보다 훨씬 길다. 그렇다 보니 자신이 뻗쳐놓은 가지들을 스스로 다 지탱하지 못해 사람들이 이리저리 받침대를 받쳐놓았다.

석송령은 천연기념물이고, 자기 소유의 땅도 있고, 지역의 학생들에게 장학금도 준다. 세금도 낸다. 나무인데 어쩌다 보니 팔자가 그렇다. 석송령이 말을 할 수 있다면 어떤 심경이신지, 원하시던 형태의 생인지, 행복하신지 인터뷰해보고 싶다는 생각이 든다.

올드 티코는 어떨까. 700여 살의 석송령을 본 적이 있는 나는 막연히 더 거대하고 웅장할 거라는 기대를 품고 구글에 서칭해보았다. 구글은 수많은 사진들을 토해냈다. 그런데 사진을 본 심장이 쿵 서늘하게 내려앉았다.

가늘고 긴 4미터짜리 나무 꼬챙이에, 가느다란 가지에, 잎은 애매하고 위태롭게 매달려 있었다.

올드 티코는 어떤 사진에서는 눈을 흠뻑 맞아 새하얀 4미터의 꼬챙이였고, 어떤 사진에서는 따사로운 색감의 햇살 아래에 놓인 4미터의 꼬챙이였다. 어떤 사진에서는 주변 다른 나무들과 소소히 정다운 가운데 4미터의 꼬챙이였고, 어떤 사진에서는 주변이 삭막한 와중에 꼿꼿이 서 있는 4미터의 꼬챙이였다. 어떤 사진은 한 여행자와 함께인 4미터 꼬챙이였고, 어떤 사진은 가족으로 보이는 네 사람과 함께인 4미터 꼬챙이였다.

내가 찾을 수 있는 올드 티코의 모습은 사진 형태로 남겨진 것들뿐이고, 카메라가 발명된 것이 19세기이니, 대충 9,400살 이전의 모습을 찍은 사진은 있을 수도 없다. 그전에 누군가가 그려둔 회화나 스케치는 또 존재할 수도 있으려나. 여튼 최근 몇백 년(또는 몇천 년) 전의 모습이라면 올드 티코의 모습은 지금과 크게 다르지 않을 테다.

누가 이 가만히 서 있는 꼬챙이의 위업을 눈치챘을까. 누가 이 나무에게서 뭔가를 느끼고 처음으로 "방사선 탄소를 이용한 연대측정법으로 조사를 해봅시다!" 하고 말을 꺼냈을까.

이 경이와 슬픔에 어떤 이름을 붙이면 맞춤할까. 올드 티코가 이겨내려고 이겨낸 건 아니겠지만 어쩌다 보니 9,550년 동안이나 이겨내게 된 바람과 비, 습도, 나쁜 공기, 미운 벌레, 원치 않는 새가 짓는 집, 더 가까이에서 맡아보고 싶었지만 그럴 수 없었던 어떤 꽃 냄새…… 목마름…… 고독이라거나 어쩌면 그만 살고 싶은 마음이라거나. 그런 모든 것들을 9,550년 동안 뿌리내려진 곳에서 겪으며 산 나무가 나에게 건네는 이 난감하고 한편으론 또 반가운 선물 같은 기분을 뭐라 부르면 좋을까.

\\\

태어났기에 뿌리내리고자 하고, 기왕이면 잎이 푸르렀으면 하고 바라며 오늘을 사는 당신에게, 그리고 나 자신에게도, 나는 이제 어쩌면 같은 기분을 느낄 수 있을 것 같다.

경이롭다고 심장이 쿵 내려앉는다고

자연사할 때까지
함께 강건하자고 인사 건네고 싶다.

나를 이렇게나마 있게 한
끈기 있게 사랑해준 모든 이들에게 고마움을 전한다.

나는 자살하지 않을 거야

우리는 죽은 이들을 너무 빨리 잊거든

_마르그리트 유르스나르(1903.06.08 ~ 1987.12.17)

내 꿈은
자연사

지은이 탁수정
펴낸이 주연선

1판 1쇄 발행 2020년 4월 10일

ISBN 979-11-90492-51-5 03810

총괄이사 이진희
책임편집 최민유
표지 및 본문 디자인 스튜디오진진
책임마케팅 김진겸
마케팅 장병수 이한솔 이선행 강원모
관리 김두만 유효정 박초희

Lik-it

04035 서울특별시 마포구 양화로11길 54
전화 02)3143-0651~3 | **팩스** 02)3143-0654
신고번호 제 1997-000168호(1997. 12. 12)
www.ehbook.co.kr
lik-it@ehbook.co.kr
www.instagram.com/lik_it

잘못된 책은 바꿔드립니다.

＊ 라이킷은 (주)은행나무출판사의 애호 생활 에세이 브랜드입니다.